다시,
삶에 매혹되다

풀 신 부 님 의 마 음 여 행

다시,
삶에 매혹되다

폴 신부님의 마음 여행

폴 키넌 지음 | 도설 옮김

BM 황금부엉이

| prologue |

영혼의 목소리에 귀 기울이는 법

우리는 모두 그 이상의 어떤 것을 간절히 원하는 때가 있다. 어린 시절 교실에 앉아서 백일몽에 빠졌던 순간이 지금도 기억난다. 그때 나는 온타리오 주에 있는 너무나 아름다운 조지 호수와 무스코카 호수에서 보냈던 여름방학을 회상하고 있었다. 국어와 역사, 수학 시간이 지나가는 동안 선생님의 목소리는 귓가를 윙윙거릴 뿐이었고, 나는 푸른빛이 감도는 아름다운 호수에서 아버지와 함께 낚시하던 생각에 푹 빠져 있었다. 팔뚝만한 송어를 잡는 짜릿함, 물을 스치고 내 가슴속으로 들어온 북쪽 지방의 시원한 공기.

하지만 나의 공상은 결국 들키고야 말았고, 선생님의 꾸짖는 소리와 함께 나는 다시 교실로 돌아왔다. 어릴 적부터 나는 그렇게 마음이 들떠 있었고 다른 어딘가에 있고 싶었다. 어떤 의무나 걱정도 없이 재미있는 놀이터에 있고 싶었다.

그래서 내가 라디오와 사랑에 빠졌을 것이다. 나는 우리 집에 라디오가 켜져 있지 않은 시간은 상상조차 할 수 없었다. 요즘 사람들은 대화를 나누거나 일을 할 때 배경 음악으로 라디오를 틀어놓는다. 하지만 나에게 라디오는 결코 배경이 아니었다. 그것은 언제나 내 삶의 중심에 있었고, 내가 가장 관심을 기울이는 것이었다.

요즘도 어떤 방에 들어갔는데 라디오가 켜져 있으면, 내가 해야 할 일도 잊어버리고 라디오 DJ의 대사와 말투에 행복한 마음으로 빠져들곤 한다. 어린 시절 내가 꾸었던 백일몽처럼 라디오는 나를 고민스런 일상에서 벗어나 마법과 놀이가 있는 창조적인 곳으로 데려다준다.

대부분의 사람들은 이처럼 일상에서 벗어나 마법의 세계로 초대하는 특별한 장소나 관심사를 갖고 있다. 어떤 사람들은 그 부름에 귀를 기울여 평생 동안 그 목소리를 살아 있게 만든다. 하지만 우리들 대부분은 의식적이든 무의식적이든 그런 소리를 옆으로 밀어놓고 살아간다.

우리는 살아가면서 때로는 미묘한 방식으로, 때로는 직접적으로 '성장하고' '책임지고' '바쁘게 살라'는 말을 듣는다. 물론 그런 일들이 본래 나쁜 것은 아니다. 우리는 일정한 규칙과 사회를 살아가는 기술, 그리고 열심히 일하는 직업윤리를 배울 필요가 있다. 하지만 그렇게 할 때 우리는 직접적으로 또는 간접적으로 내면의 '유치한' 장소를 포기하고 '현실적'이 되어야 한다. 그리하여 우리는 책임감을 갖고, 계획을 세우고, 생계를 해결하고, 문제에 대처하려고 애를 쓴다. 하지만 그러한 삶 속에서 마법은 사라지고 만다.

요즘 내가 사람들에게 어떻게 지내느냐고 물어보면 보통 "그럭저럭 버티며 살아요."라는 대답이 돌아와서 깜짝 놀라곤 한다. 그럭저럭 버티며 사는 삶에서 마법은 어디에 있을까?

때로는 단지 삶에서 일어나는 일 때문에 우리는 마법을 잃어버린다. 사람들의 냉혹하고 잔인한 태도, 이혼과 질병, 사고 등이 그런 일들이다. 이 모든 일들은 우리에게 삶이 매우 힘들다는 것을 알려준다.

잔인한 독재자의 '인종 청소'를 피해 조국을 떠난 알바니아 피난민 아이들의 얼굴을 텔레비전에서 본 적이 있다. 굶주림과 더러운 환경 속에서 집도 없이 살아가는, 어느 의미에서 간신히 목숨만 붙어 있는 아이들을 보면서 나는 무척 가슴이 아팠다. 그때 이런 성경 구절이 생각났다.

"육신을 파괴하는 자를 두려워하지 말고 영혼을 파괴하는 자를 두려워하라."

코소보 아이들은 참담한 비극을 겪고 있지만, 어느 의미에선 우리들 대다수의 모습과 크게 다르지 않다. 우리 또한 일정한 삶의 모습을 유지하기 위해 힘겨운 싸움을 벌이고 있기 때문이다. 삶을 살아갈수록 우리는 생존에 필요한 일을 하기 위해 내면의 장소를 옆으로 밀어놓는 법을 배운다.

우리는 자신이 만든 삶과 세상을 초월한 어떤 것을 간절히 원한다. '그 어떤 것'이란 더 많은 재산과 지위, 명예와 인정을 뜻하지 않는다. 어릴 적 내가 호수로 돌아가고 싶었던 이유는 그곳의 땅을 사려는 것이 아니었다. 나는 단지 그 여름에 내가 경험했고 그리하여 내 기억 속에 남아 있는 평화와 아름다움, 자유를 그리워한 것이다. 우리의 내면에는 상표와 소유를 넘어선 행복을 간절히 원하는 마음이 자리 잡고 있다.

초등학교 2학년 교실에 앉아서 꿈을 꾸고 있을 때 내가 미처 깨닫지 못했던 것은 내가 이미 원하는 모든 것을 갖고 있다는 사실이었다. 대부분의 사람들처럼 나는 오감을 통해 인식하는 세상이 전부라고 생각했다. 당시 나는 지하의 어두컴컴한 교실에 꼼짝없이 앉아서 지겨운 수업을 듣고 있다고 생각했다. 따라서 자유를 얻을 수 있는 유일한 방법은 그 호수로 돌아가는 것이라고 생각했다.

그때 나는 내가 원하는 것이 호수가 아니라는 걸 깨닫지 못했다. 내가 진정으로 원했던 것은 호수에 있을 때는 물론 그 일을 기억할 때마다 경험하게 되는 내면의 충만함이었다. 내가 원하는 기쁨을 얻기 위해 어떤 물건을 갖고, 어떤 일을 하고, 또 다른 장소를 찾아갈 필요가 없다는 것을 그때는 알지 못했다.

당시에 나는 내가 원하는 것, 그리고 내가 갖고 있는 것이 영적인 세계라는 걸 깨닫지 못했다.

요즘 영혼에 대해 말하는 것이 유행하고 있다. 내가 영혼에 대해 말할 때마다 꼭 이렇게 묻는 사람이 있다.

"그런데 영혼이란 정확히 뭐죠?"

문제는 영혼을 정확히 정의할 수 없다는 것이다. 영혼은 시와 신화, 암시의 세계다. 그것이 어떤 종류인지를 따지는 것은 영혼과는 어울리지 않는다. 그렇다면 나라는 존재는 무엇일까? 물론 생물학적으로 말한다면 나는 호모 사피엔스(인류)다. 아리스토텔레스의 용어를 빌린다면 나는 '이성적인 동물'이다. 하지만 이 정의는 나의 핵심에 대해 말하지 않는다. 최근에 그림을 그리는 친구가 나도 모르는 사이에 내 초상화를 그렸다. 그 초상화 속에서 나는 동물도 아니고 호모 사피엔스도 아니다. 자신만의 모습과 개성을 지닌 살아 숨 쉬는 어떤 것이다.

그런 것이 영혼이다. 영혼에 대한 정의는 우리에게 무언가를 말해주지만 영혼의 본질에서는 저만치 떨어져 있다. 그것은 성 아우구스티누스가 신의 본질을 이해하려고 하면서 발견했던 것과 같다. 그는 깊은 사색 끝에 이렇게 말했다.

"신에 대해 말하려는 사람은 과연 무슨 말을 할 수 있겠는가? 하지만 신에 대해 전혀 말하지 않는 자에게는 화가 미치리라. 신에 대해 가장 많이 말하는 사람은 사실 아무것도 말하지 않는 것이다."

그렇다면 영혼은 도대체 무엇인가? 일반적으로 영혼은 삶의 근본 원칙으로 정의된다. 그것은 기원전 5세기에 아리스토텔레스가 영혼에 대해 정의한 것이다. 그러나 삶이란 또 무엇일까? 아리스토텔레스는 그것에 대해서도 답을 갖고 있었다. 삶은 스스로 움직이는 능력이다. 그렇다면 영혼은 모든 움직임의 바탕에 있는 근원이다. 그런 까닭에 영혼은 분명한 선언보다 암시를 더 좋아한다.

움직임(어떤 종류의 변화)은 현재의 상태가 사물이 존재할 수 있는 유일한 방법이 아니라는 걸 암시한다. 최근에 나는 중학생들로부터 이런 질문을 받았다. 내가 그들의 나이였을 때 무엇이 되고 싶었느냐는 물음이었다. 나는 신부가 되어 라디오 방송 진행자가 되고 싶었다고 사실대로 대답했다. 사실 나는 두 가지 일이 서로 어울리는 것인지 분명히 의식하지 못했었다. 그러나 무한한 가능성을 지닌 내 영혼은 모순된 것처럼 보이는 두 가지를 하나로 만들어서 조화를 이루는 방법을 알고 있었다.

삶의 근본 원칙으로서 영혼은 다양한 측면을 지니고 있다. 변화가 일어나는 동안에도 영혼은 편안한 안식처가 되어준다. 지난해 나는 나와 가까이 지내는 여성이 첫 아이를 임신하면서 다양한 과정을 거치는 모습을 곁에서 지켜볼 수 있었다. 아이가 각각의 성장과 변화의 단계를 거치면서, 즉 아이의 삶이 새로운 단계로 나아가면서 자기 몸을 침범해 들어오는 것을 그녀가 평화롭게 받아들이는 모습을 보면서 나는 무척 놀랐다. 그녀가 만삭이 되어 있을 때의 어느 날, 기도실에 우연히 들렀다가 그곳에 있는 그녀를 발견했다. 그녀는 의자에 앉아 눈을 감고 있었다. 내가 곁으로 다가가서 물었다.

"괜찮아요?"

"네."

그녀가 나를 안심시켰다.

"진통이 시작된 것 같아서 조용히 앉아서 명상을 하고 있었어요."

이것이 마음이 혼란스러울 때 영혼이 하는 일이다. 영혼은 우리가 혼돈의 한가운데에 있을 때에도 우리를 조용히 붙잡아주면서 그 일 또한 지나갈 것이라고 알려준다. 10년 전 내가 심하게 아팠을 때 비록 몸은 시들어가고 있었지만, 나의 내면 어딘가에는 모든 걸 신에게 맡기면 잘 될 거라고 말하는 존재가 있었다.

인간 존재에게 영혼은 삶의 기본 원칙일 뿐 아니라 인간의 다양한 삶의 바탕에 깔려 있는 근원이다. 우리는 인간으로서 상호작용하고 느낄 수 있을 뿐 아니라 우리의 감각이 주는 것보다 훨씬 많은 것을 경험하고 상상할 수 있다. 우리는 또한 눈에 보이는 것만 얻을 수 있다는 믿음에 근본적으로 도전할 수 있다. 왜 사람들은 물질과 그것과 관련된 일에 자신을 제한해야 한다고 끊임없이 주장하는 것일까?

❧

지금 이 글을 쓰면서 나는 뉴잉글랜드의 거리에 곧게 뻗어 있는 아름다운 돌담을 바라보고 있다. 오직 인간 존재만이 그런 건축물을 세울 수 있다. 인간 존재만이 돌을 보면서 그 용도를 떠올리고 마음속에서 다른 돌들과 연결해서 돌담을 만들어낼 수 있다. 인간이기 때문에 나는 눈앞에 있는 담과 그 위에 멋있게 늘어져 있는 나뭇가지가 다르다는 사실을 알고, 둘이 함께 존재하기 위해 일정한 공간을 띄우는 방법을 알 수 있다.

그것이 영혼이 하는 일이다. 영혼은 비슷한 것과 다른 것을 가져와서 그것들로 무엇을 해야 하는지를 아는 근본적인 능력이 있다. 사물에 이름을 붙이는 일, 즉 사물이 어떤 식으로 비슷하거나 다르게 관련을 맺는지 알아차리고, 호감과 존경심을 갖고 사물에 대해 말하는 것은 중요한 일이다. 그것이 인간 존재로서 우리가 알아야 하는 일이다. 이런 앎을 가져다주는 것이 영혼이 하는 일이다.

서로 관련짓고 비교하고 대조하면서 균형 잡힌 시각으로 바라보는 능력은 영혼의 또 다른 차원으로 들어가는 열쇠다. 그것은 바로 감상하는 능력이다. 어떤 일을 하는 것과 우리가 만든 것의 본질을 감상하는 것은 완전히 다르다. 내가 아는 한 여성은 두 번째 임신 초기에 날마다 몸이 편치 않았다. 그러던 어느 날 그녀는 절망적인 목소리로 이렇게 외쳤다.

"임신을 즐길 수 있다면 얼마나 좋을까!"

각자가 처한 상황이 다르다 할지라도 이것이 우리 모두가 진정으로 바라는 일이다. 요즘 우리는 삶의 많은 부분을 무언가를 성취하는 데 소비하면서 자기 삶을 감상하는 시간은 거의 갖지 못한다. 하지만 우리는 진정 그렇게 살고 싶다. 우리는 어떤 일을 완수하고, 자신에게 주어진 일을 하고, 목표를 달성하느라고 바빠서 자신을 정말 소중한 존재로 느끼고 싶어 하는 내면의 충동을 잊어버리곤 한다.

많은 사람들이 자신의 삶을 증오하면서 살아간다. 또한 자신이 바라는 것을 얻지 못하고 있다고 생각하면서, 사랑(또는 성공, 행운, 권력 등)이 '손에 잡힐 듯'하지만 결코 얻을 수 없을 거라고 믿는다. 흥미로운 건 자신의 일과 가정, 사람들과의 관계를 진정으로 좋아하면서도 무언가 빠져 있다는 느낌을 떨치지 못하는 사람들이 있다는 것이다. 그것이 무엇인지 설명할 수 없고, 의식적으로 분명히 파악할 수도 없지만 그럼에도 불구하고 그들은 무언가 빠져 있다고 생각한다. 그것은 돈으로 살 수 없는 어떤 것처럼 느껴진다. 이것은 정말 놀랄 만큼 역설적인데, 우리가 무언가를 '감상'할 때 그것은 사실 '값을 매기는 것'을 뜻하기 때문이다.

이런 상황 속에서 우리는 다른 차원의 삶이 있는 것처럼 생각한다. 그곳은 지나친 노동과 소비, 성취를 통해 얻을 수 없는 것들이 있는 나라다. 그 나라는 영혼이다. 영혼은 우리가 사물을 깊이 들여다보게 하는 하나의 원칙이다. 또한 모든 일은 깊은 근원에 있는 목적을 달성할 때에만 의미가 있음을 깨닫게 하는 원칙이다. 그 목적은 다른 사람들과 우리 자신을 위로 끌어올리는 것과 관계가 있다. 영혼은 마음을 감동시키고 세상을 더 좋은 곳으로 만드는 것만이 우리가 삶에서 투자할 가치가 있는 일이라고 힘주어 말한다.

영혼은 경이로움이 머무는 장소다. 오늘날 우리는 경이롭다는 생각을 자주 하지 않는다. 우리는 간혹 '정말 경이로운 일이야.'라고 말하는데, 그것은 사실 '난 이해하지 못해.'라는 뜻이다. 두말할 것도 없이 우리는 경이로움의 마법을 잃어버렸다.

경이로운 상태는 진정한 경외심을 갖는 것이다. 우리는 나아가 '숭배'라는 단어를 쓰고 싶은 유혹을 받지만 그렇듯 강력한 단어는 핵심을 벗어나 있다. '경외심'은 경이로움이 진정 무엇인지 가장 정확하게 표현하는 단어다.

경이로움을 느낄 때 우리는 어떤 것에 해답을 찾고 있지 않다. 우리는 단지 어떤 것에 놀라고 있을 뿐이다. 나는 까마귀와 홍관조, 개똥지빠귀가 휙 날아와 날갯짓을 하면서 먹이를 먹는 모습을 본 적이 있다. 나는 그 순간의 흥미로움과 아름다움, 활력에 경이로움을 느끼지 않을 수 없었다. 경이로움은 순간에서 영원함을 발견하는 영혼의 능력이다.

나는 부정적이거나 비극적인 일에 직면할 때에도 경이로움을 느낀다. 나와 가까이 지내는 여성이 30대 중반의 나이에 암에 걸려 고통을 겪다가 세상을 떠났을 때, 부모형제와 남편과 세 아이—그리고 나—를 남겨놓고 떠났을 때, 나는 삶이 때로는 너무나 비극적이라는 사실에 경이로움을 느낄 수밖에 없었다. 그리고 그렇듯 깊은 슬픔의 한가운데서 가슴 저리는 고통과 따뜻한 사랑이 함께 나타날 수 있다는 것도 경이로웠다.

경이로움은 적어도 영원의 한 부분이다. 최고의 시간과 최악의 시간 속에서 더욱 중요하고 의미 있는 어떤 것, 즉 소중하게 간직할 것이 있다는 사실에 우리는 경이로움을 느낀다.

우리는 이러한 영원한 보물들을 다양한 방법으로 묘사할 수 있다. 철학자들처럼 그것을 진리, 아름다움, 선으로 묘사할 수도 있다. 아니면 신학자들처럼 그것을 믿음, 희망, 사랑으로 부를 수도 있다. 초등학교 시절 나는 '성령의 선물들'이라고 불리는 목록을 암기했었다. 그것은 지혜, 이해, 충고, 인내, 지식, 경건(또는 성실), 그리고 신에 대한 두려움(또는 '숭배')이었다.

최근에 들어서야 나는 삶이 우리를 쓰러뜨리고 마음에 상처를 준 다음에야 이런 선물들을 알아볼 수 있음을 깨달았다. 우리(곧 우리의 몸과 마음)가 모든 것을 잃었다고 말할 때, 우리의 영혼은 그런 선물들에 눈길을 돌린다. 경이로움의 문을 통과할 때 우리는 일반적인 방식으로 아는 것으로부터 영혼이 아는 것으로 나아간다. 그때 영혼은 영원한 진실을 응시하면서 삶에는 우리가 상상하는 것보다 더 많은 것이 있음을 말해준다.

영적인 삶은 우리의 삶을 이루는 일상적인 일들에 충실한 삶이다. 영혼이 우리를 평범한 일상으로 돌아가게 만든다는 걸 깨달을 때 우리는 깜짝 놀라게 된다. 영혼은 우리에게 영원한 것에 초점을 맞춰야 하지만, 영원한 진리가 일상의 세계에 영향을 미쳐야 한다고 말한다. 힘들고 혼란스런 삶 속에서 영혼은 우리 자신과 주변에서 펼쳐지는 일들의 불가사의한 모습에서 경이로움을 느끼는 것을 잊지 말라고 말한다. 왜냐하면 우리는 영혼을 통해 삶 자체에 진정한 목적이 있음을 느낄 수 있기 때문이다.

그 목적은 우리가 일반적으로 삶의 목표라고 부르는 결과적인 일들과는 관계가 없다. 예를 들어 내가 속된 마음으로 내 책들이 베스트셀러가 되어 엄청난 인세를 챙기기를 바란다고 가정해보자. 하지만 내가 그것을 글쓰기의 목표로 삼는다면 나는 제대로 능력을 발휘하지 못할 것이다. 내가 대가를 '지불받는 날'은 내 글을 읽고서 자살 충동에서 벗어났다고 고백하는 독자의 편지를 받는 날이다. 또는 내 글이 파경에 이를 뻔했던 부부를 구하고, 그들의 관계가 붕괴되는 동안 무슨 일이 벌어지고 있는지 이해하도록 도와줄 때 나는 보상받는 것이다. 나에게 그것은 베스트셀러를 쓰는 일보다 더욱 중요하다.

이것이 영적인 사람이 되는 것이라고 말한다면, 어떤 사람들은 너무 적은 것에 만족하는 것이 아니냐고 반박할 것이다. 또는 내 말이 일이 뜻대로 풀리지 않을 때 스스로를 위로하는 말처럼 들릴지도 모른다.

하지만 그렇지 않다. 일단 영적인 삶으로 들어서면 우리는 사람들의 가슴을 감동시키고 세상을 더 좋은 곳으로 만드는 일에 초점을 맞출 뿐 다른 것에는 관심을 두지 않기 때문이다. 우리가 하는 일이 어떤 보상과 결과를 가져다주는 때도 있지만 저항과 침묵을 가져오는 때도 있다.

선생님들은 내 말의 의미를 정확히 이해할 것이다. 아이들은 선생님을 사랑할 때도, 미워할 때도 있다. 특히 선생님이 자신의 잘못을 지적하고 야단을 칠 때 아이들은 선생님을 미워할 것이다. 모든 훌륭한 선생님들은 진실과 구체적인 사랑이 결합될 때 최상의 교육이 이루어진다는 사실을 잘 알고 있다. 만일 아이들을 가르치거나 또 다른 일을 추진할 때 솔직하게 "난 이 상황에서 진리와 사랑을 가져다주기 위해 최선을 다하고 있어."라고 말할 수 있다면 계속 그런 식으로 하면 된다. 심지어 좋은 결과가 나오지 않을 것처럼 보일 때에도. 영적인 삶은 더 높은 기준에 초점을 맞추는 것을 뜻한다. 진리와 사랑 없이 얻은 위대한 결과와 명성은 틀림없이 무언가 빠진 듯한 느낌을 줄 것이다. 사랑 없이 돈과 명예, 지위를 얻는 것은 언제나 초점을 벗어난 것이다.

그렇다고 영적인 삶이 결과를 전혀 생각하지 않는 것은 아니다. 영적인 삶은 다만 원하는 결과를 얻기 위해 자신을 쉽게 팔아버리지 말라고 요구할 뿐이다. 많은 학생들이(어른들도 마찬가지지만) 올바로 말하고, 읽고, 쓸 수 없을 때, 거기에 영적인 것은 전혀 없다. 교육은 그 결과물의 하나로서 아이들이 읽고 쓰는 능력을 갖게 해야 한다.

동시에 우리는 고등교육을 받아 학식은 있지만 삶이 무엇인지 전혀 모르는 사람들을 알고 있다. 영적인 삶이란 우리 삶의 목표를 가장 훌륭하게 성취할 수 있도록 도와주는 결과와 목적을 선택하는 것이다.

영적인 삶은 어떤 과정이 끝난 뒤에 성취하는 것이 아니다. 그것은 어머니 뱃속에 잉태되는 순간부터 우리가 갖고 있는 어떤 것이다. 영혼은 그 순간부터 우리와 함께 있으며, 그 뒤로도 언제나 우리와 함께 있다. 심지어 죽은 뒤에도 함께 있다.

완전히 길을 잃었을 때에도 우리는 여전히 영적인 창조물이다. 그때에도 우리는 일상적인 방식을 넘어서서 삶을 바라보도록 안내받고 있다. 영적인 삶은 우리의 삶을 이해하게 하는 내면의 안내자가 있음을 암시한다. 나는 당신의 삶이 산산이 부서지는 순간에도 영혼의 목소리에 귀 기울이는 법을 알려주기 위해 이 책을 썼다.

처음에는 내가 하는 말들이 어처구니없게 들릴 수도 있다. 길을 잃었다고 생각할 때 우리는 보통 안내받고 있다는 느낌을 전혀 갖지 못하기 때문이다. 그럴 때에는 내면의 안내조차 느낄 수 없다. 하지만 길을 잃었을 때 우리는 영혼이 사소한 일들을 통해 우리를 일깨운다는 것을 깨닫기 시작한다.

영혼은 끈기가 있다. 영혼이 거기 있다는 걸 모를 때에도 영혼은 존재한다. 어느 날 깊은 우울증에 빠진 열다섯 살 소녀가 아버지와 함께 책방에 들렀다가 선반에 놓인 『나쁜 날들을 위한 좋은 소식』이라는 내 책을 보았다. 그리고 자기가 그 책을 가져야 한다고 느꼈다. 나중에 그 아이는 나에게 "'좋은 소식'이 제 삶을 바꾸었어요."라고 고백했다. 소녀가 자신의 삶을 되찾아주고, 자신에게 도움이 된 책으로 이끌린 것은 단순한 우연이었을까? 아니면 아이의 내면에 있는 영혼 때문이었을까? 영혼이 자신에게 필요한 책으로 안내했다고 소녀는 말했다. 나 또한 그 아이의 말에 동의한다.

이 책에서 소개하는 영혼의 일곱 단계는 길을 잃은 사람들이 삶에 다시 매혹되게 하려고 영혼이 선택하는 자연스런 길이다.

영혼은 신기하고 다양한 방법으로 활동하면서 우리들 각자의 삶 속에서 분명한 길을 선택한다. 이것을 깨달을 때 우리는 모든 사람들이 하나같이 '거쳐야 하는 단계'가 있다는 생각에서 벗어날 수 있다.

영혼은 우리를 안내하는 삶의 단계가 우리를 위해 이미 존재한다고 말한다. 우리는 이미 자신이 생각하는 것보다 훨씬 많이 알고 있고, 이러한 앎은 우리의 내면으로부터 나온다. 태초 이래로 영혼은 우리에게 그 지혜에 주목하라고 손짓하고 있었다.

나는 잃어버린 영혼의 단계에서부터 시작할 것이다. 왜냐하면 우리는 보통 그 순간부터 영혼이 전해주는 내면의 안내에 귀 기울이기 때문이다.

깊은 수렁에 빠지는 두 번째 단계에서 우리는 자신이 잘못된 방향으로 가고 있다고 느낄 것이다. 이제 우리는 길을 잃었다고 느낄 뿐 아니라 홀로 남겨져 아무런 도움도 받지 못한다는 생각에 두렵기까지 할 것이다. 그러나 영혼은 우리가 삶에서 인식하는 것이 진정한 실재가 아니라 겉모습일 수도 있음을 생각하라고 말한다. 우리는 정말로 길을 잃은 것일까, 아니면 우리가 빠진 수렁이 우리를 본질적이고 활력이 넘치는 곳으로 인도하는 것일까? 우리는 정말로 혼자일까?

세 번째 단계, 즉 자비의 단계는 영혼이 비극을 겪고 궤도를 이탈한 상태를 극복하기 시작하는 시기다. 즉 비극과 상처를 경험하는 것이 자신만이 아니라는 것을 이해하는 단계다. 더욱 긍정적인 일은 이 단계에서 자신만이 아니라 우리 모두가 평화를 원한다는 사실을 깨닫는다는 것이다. 비록 사람들이 자신이 원하는 걸 평화라고 부르지 않더라도 말이다. 이런 이해를 통해 우리는 자신의 삶을 변화시키고, 자기 안에서 밖으로 눈길을 돌릴 수 있다.

네 번째 단계—태피스트리(무늬를 수놓은 양탄자 : 옮긴이)—는 우리의 삶에 만들어지는 무늬들을 보기 시작하는 때다. 그것은 우리를 도와주는 무늬와 우리가 길을 잃게 만드는 무늬들이다. 내면으로부터 삶을 평가하기 시작할 때 우리는 삶의 새로운 가능성과 맥락, 새로운 무늬를 보게 될 것이다.

다섯 번째 단계, 곧 다락방의 지혜는 우리가 영혼의 눈으로 진리, 아름다움, 지혜, 사랑, 신 같은 영원한 개념들을 보는 단계다. 다락방으로 올라가 변함없는 가치를 지닌 것들을 발견하는 것처럼, 우리는 영혼으로 들어가 우리를 기다리고 있는 영원한 지혜를 발견하게 된다.

여섯 번째 단계는 돌아오는 단계다. 이 단계에서 영혼은 우리가 이상 속에서 길을 잃게 놓아두지 않는다. 오히려 영혼은 우리가 예전에 갖고 있던 많은 걱정과 책임감과 함께 일상의 삶으로 돌아가도록 안내한다. 이제 우리는 새로운 자리에서 과감한 과제에 눈길을 돌린다. 그리고 자신의 자리에서 목표를 새롭게 이해한다. 삶의 본질을 보았기 때문에 우리는 이제 다른 사람들에게 길을 잃은 영혼이 되지 말라고 말한다. 물론 그 메시지가 언제나 환영받지는 않겠지만.

일곱 번째 단계, 곧 마법으로 돌아가는 단계에서 우리는 내면과 외부 세계를 완전한 원으로 견고하게 연결시킨다. 우리는 삶 속에는 봉사 외에도 많은 것이 있음을 깨닫는다. 그것은 봉사만큼 값진 것이다. 우리의 가슴은 삶의 매순간 자신의 영적인 운명을 자각하면서 즐겁게 노래할 수 있다.

당신이 이 책을 읽으면서 자신이 결코 혼자가 아니라는 것을 자각하길 바란다. 또한 당신이 이제껏 상상했던 것보다 훨씬 큰 운명으로 인도되고 있음을 깨닫기를 바란다.

| contents |

STAGE 1

인생에서 길을 잃고 헤매다

길을 잃은 영혼이 된다는 것은 자기 삶을 지지해주는 닻이 없고, 삶의 기준이 없다는 뜻이다. 이런 상황 속에서 종종 사람들은 자신의 텅 빈 삶을 물건들로 채우려고 시도한다. 그들은 자기 밖에 있는 어떤 것에서 집을 찾고 있다.

STAGE 1
인생에서 길을 잃고 헤매다

내 삶에서 가장 설레는 일은 내 방의 전화벨이 울리는 순간 수화기 저쪽에 누가 있는지, 그가 나에게 무슨 말을 할지 모른다는 것이다. 다행히 나는 놀라운 일들을 즐긴다. 그리고 삶은 놀라운 일들에 대한 나의 갈증이 절대로 해소되지 못하도록 온갖 일들을 만들어낸다.

7월의 어느 날 오후, 전화벨이 울리더니 수화기 저쪽에서 이런 목소리가 들려왔다.

"저는 캐서린 헬렌 토이라고 불리는 의학박사입니다. 신부님에게 말할 것이 있습니다."

나는 무슨 일인지 궁금했다. 왜 의사가 나와 이야기를 나누고 싶어 하는 것일까? 만날 약속을 정하고 나서 나는 그녀가 평범한 의사가 아닐 뿐 아니라 평범한 사람도 아니라는 걸 발견했다. 그녀가 쓴 『내 아이들아, 들어보렴』이라는 책은 절대로 평범한 책이 아니었다.

캐서린 헬렌 토이 박사는 진정한 의사였다. 방사선 전문의인 그녀는 명문 듀크 의대를 졸업한 뒤에 매우 성공적인 의사로 활동하고 있었다. 그녀는 질병을 판단하기가 까다로운 경우에도 X레이를 꼼꼼히 살펴보고 올바로 진단하는 특별한 재능을 지니고 있었다. 이 정력적이고 패기 있는 젊은 여성은 환자의 이름을 일일이 기억하고 그들을 사랑으로 보살폈다. 그녀는 또한 자신의 두 딸을 무척 사랑했으며 딸들의 모든 생활에 깊은 관심을 갖고 있었다.

그러던 어느 날 아침, 그녀의 삶은 완전히 바뀌었다. 침대에서 일어나 또 하루를 시작하려고 하는데 바닥에 발을 디딜 수가 없었던 것이다. 그녀는 말 그대로 땅을 딛고 일어설 수가 없었다. 현기증이 일 만큼 방이 그녀의 주변을 빙빙 돌았고, 귓가에서는 날카로운 소리가 들렸다. 즉시 토이 박사는 자신이 메니에르병(난청, 현기증, 구토를 동반하는 질병 : 옮긴이)에 걸렸다는 걸 알았고, 다시는 의사로서 일하지 못하리라는 생각이 들었다.

마침내 그녀는 이런 증세를 반복적으로 겪다가 15년 안에 귀머거리가 될 거라는 진단을 받았다. 시간이 흐르면서 토이 박사는 의사로서 자신의 트레이드마크였던 모든 시각적 · 조직적 기술을 더 이상 발휘할 수 없음을 깨달았다. 그녀가 내게 말했다.

"갑자기 저에게 미래가 없어졌어요. 순간순간을 간신히 살아갈 뿐이었죠. 제 자신이 누군지, 제가 무엇을 할 수 있는지 도무지 알 수 없었습니다. 어떤 날은 잠자리에서 일어날 수도 없었어요. 예전처럼 아이들을 학교에 데려다주거나 놀이 공원에 함께 가는 일도 점점 줄어들었지요. 문자 그대로 제 삶은 휘청거리고 있었어요."

내 앞에 앉아 있는 세련된 옷차림의 매력적인 여자를 바라보면서 나는 그녀의 표정과 목소리에서 묻어나는 침착함과 용기에 놀랐다. 그녀는 자신의 경력과 정체성을 송두리째 잃어버리는 상황을 잘 견뎌낸 뒤에 『내 아이들아, 들어보렴』이라는 책을 쓴 것이다. 책 속에서 그녀는 투병 중에 하느님에 대한 새로운 경험을 한 뒤 세상 사람들을 영적으로 치유하는 것이 자신의 임무라는 걸 발견했다고 말했다.

나는 지난 22년 동안 신부로 살았고, 7년 동안 뉴욕 라디오 방송의 진행자로 일하고 있다. 토이 박사의 이야기를 들으면서 나는 그것이 내가 접하는 수많은 사람들의 삶을 은유적으로 보여준다고 생각했다. 또한 그것은 내 삶을 보여주는 것이기도 했다. 나의 교구민들이나 내가 상담했던 사람들, 라디오 청취자와 텔레비전 시청자 모두가 메니에르병을 앓았던 것은 아니다. 나 역시 그렇지 않나. 하지만 많은 사람들이 자신의 삶을 감당하기 어려웠던 시절을 경험했을 것이다. 그런 시기가 닥칠 때 우리는 예전처럼 자신의 삶을 마주볼 수가 없다.

우리는 자신의 배우자나 오래된 친구, 아끼는 애완동물을 잃을 수도 있다. 직장에서 해고당하거나 믿었던 친구 또는 직장 동료로부터 배신당할 수도 있다. 아니면 길을 걷다가 자동차 사고를 당할 수도 있다. 토이 박사처럼 어느 날 갑자기 육체적 · 정신적 질병으로 인해 두 발로 일어서지도 못하는 자신을 발견할 수도 있다. 이유야 어떻든 우리는 그 순간 세상이 어지럽게 돌아가고 있다고 생각한다. 한때 그렇게 익숙했던 세상이 낯설게만 느껴진다. 그리고 우리는 길을 잃은 영혼이 된다.

이런 일이 일어날 때 우리는 두려움을 느낀다. 자기 자신이 마치 이방인처럼 느껴진다. 어디론가 숨고 싶다. 도망치고 싶고, 잠들고 싶고, 죽고 싶다. 두려움 때문에 얼마나 더 버틸 수 있을지 알 수 없다. 견딜 수 있는 힘이 더 이상 없는 것 같다.

토이 박사가 질병으로 쓰러졌던 처음 며칠의 상황에 대해 말하는 걸 들으면서, 나는 나 자신의 경험과 함께 여러 해 동안 나에게 고통을 털어놓았던 수많은 사람들을 떠올렸다. 삶이 우리를 쓰러뜨리고, 그리하여 스스로를 길 잃은 영혼이라고 느낄 때, 우리는 마치 세상에서 마지막 걸음을 내디딘 느낌이 들 것이다. 하지만 자신을 길 잃은 영혼으로 깨닫는 것은 오히려 더욱 깊고 넓은 삶의 방식, 곧 영적인 삶으로 가는 첫걸음이 될 수 있다. 비극처럼 보이는 일들이 오히려 우리가 내면 깊은 곳에 귀를 기울여 특별한 방식으로 타인을 감동시키고 세상을 더 좋게 만드는 법을 배우는 기회가 될 수 있다.

비극적인 일들은 어쩌면 우리를 일깨우는 외침일지도 모른다. 길을 잃은 영혼이 되는 것은 종종 당신의 진정한 목적을 발견하고, 당신이 지금까지 꿈꾸었던 것보다 훨씬 행복하고 희망적인 삶을 발견하게 하는 첫걸음이 된다.

언젠가 베로니카라는 여성이 내게 말했다.

"저는 정말 잘 살고 있었어요. 성공해서 돈도 많이 벌었죠. 저는 사교적이고 재미있는 성격이어서 친구도 참 많았어요."

내 앞에 앉아 있는 침착하고 젊은 30대 여인을 바라보면서 나는 그녀의 말을 충분히 이해할 수 있었다. 그녀는 모든 걸 다 가진 듯 보이는 활동적인 젊은 여성이었다.

"그런데 6개월 전의 어느 날 갑자기 모든 게 달라졌어요. 저는 제 마음속에 작은 두려움이 싹트는 걸 느낄 수 있었어요. 회사에 가서 여러 가지 결정을 내리는 일이 두렵기 시작했어요. 친구들과 어울리지 않으려고 온갖 핑계를 대기 시작했죠. 그렇게 숨어버렸습니다. 저는 원래 따뜻하고 사교적인 사람이었는데, 어떻게 된 영문인지 누가 어떻게 지내냐고 묻기라도 하면 갑자기 울음을 터뜨렸어요. 정신과 의사를 찾아갔지만 처방받은 우울증 치료약

조차 먹을 수 없었어요. 제 몸이 외부의 자극이나 압력을 견딜 수 없었거든요. 그런 상태가 6개월 동안 지속되었죠.

가족들도 저를 미치게 만들었어요. 가족들은 이제 그만 하고 정상적인 삶으로 돌아오라고 끊임없이 말했죠. 친구들도 밖으로 나오라고 끈질기게 말했어요. 그리고 직장 상사는 실적이 형편없다고 저를 질책했습니다. 전 항상 피곤했어요. 무엇을 해야 할지 알 수가 없었거든요. 전 길을 잃고 있었어요. 정말로 길을 잃고 헤매고 있었던 거예요."

베로니카의 이야기를 들으면서, 나는 나 자신의 모습을 떠올릴 수 있었다. 나도 그 무렵에 비슷한 일을 겪었기 때문이다. 당시에 나는 성공적인 교사였지만, 신학 공부를 마치고 사제가 되기 위해 교단을 떠나야 했다. 나는 성직자가 되고 싶은 마음은 있었지만 오랫동안 알고 있던 안전한 장소에서 벗어나고 싶지 않았다. 그러나 일단 그렇게 해버리자 나의 내면세계는 무너져 내리고 말았다. 나 또한 길을 잃은 영혼이 된 것이다.

사실 인생의 많은 시간 동안 나는 길을 잃은 영혼이었다. 적어도 나 자신은 그렇게 느꼈다. 어렸을 때를 회상하면 참 행복한 시절이었다. 나는 라디오를 좋아해서 가능한 모든 방송의 프로그램을 들으면서 많은 시간을 즐겁게 보냈다. 라디오를 듣지 않을 때에는 침실에 놓인 갓을 벗긴 전등을 마이크 삼아 나만의 '방송'

을 했고, 배경 음악을 깔기 위해 작은 도넛판을 전축에 올려놓았다. 그때는 내게 더없이 행복한 시간이었다.

하지만 성장하면서 점점 나 자신이 길을 잃은 영혼처럼 느껴졌다. 그런 느낌은 어른이 되어서까지 나를 따라다녔다. 내가 잘못된 일을 해서 그런 것도 아니었다. 아마도 목표가 없었기 때문일 것이다. 학교는 정말 재미가 없었다. 한동안 운동을 좋아했지만 나는 운동선수의 기질을 타고나지 못했기 때문에 곧 관심이 줄어들었다. 내가 제대로 할 수 있는 일이 없다는 생각이 자주 고개를 들었다. 고등학교에 올라가서는 학교에 적응조차 못 하면서 자신감 없고, 소극적이고, 자기 확신이 없는 학생이 되어버렸다. 학교는 그런대로 다녔지만 나에겐 분명한 목표가 없었다.

대학에 들어가서야 나는 신학교에 가겠다는 상당히 명확한 목표를 세웠다. 내 삶에는 적어도 그런 목표가 있었다. 하지만 나는 매우 불안정하고 소심하게 행동했고, 수업이나 사람들과의 만남에서 큰 소리로 말하지 못했다. 그 무렵 부모와 학생들 사이에 있었던 고통스런 모임이 기억난다. 그때 내 부모님은 나에게 계속해서 "큰 소리로 말해!" 하고 말씀하셨다. 그 말은 나를 더욱 주눅들게 해서 나는 더욱 깊은 침묵의 수렁 속으로 빠졌다. 나는 정말 무엇을 말해야 할지 알 수 없었다.

나는 청년기의 대부분을 그런 느낌으로 보냈다. 부끄럽고 당황스런 느낌으로 말이다. 나중에 교사가 된 나는 내가 담당한 일을 잘 해냈다. 나에겐 가르쳐야 할 분명한 것이 있었으며, 내가 담당한 과목, 즉 철학과 신학에 대해 잘 알고 있었으며, 아이들을 가르치는 일도 즐거웠고, 동료 교사들과도 좋은 관계를 유지했다. 당시 나는 예수회 신학생이기도 했는데 '섭정'이라는 훈련과정을 거치면서 아이들을 가르치고 있었다. 그런데 마침내 '신학'을 할 시기(성직에 임명되기 전에 몇 년 동안 행하는 마지막 수행의 시기 : 옮긴이)가 되었을 때 나는 정신적으로 황폐해져 있었다.

신부가 되고 싶지 않은 건 아니었다. 그러나 몇 가지 일들이 한꺼번에 일어나면서 나는 전보다 훨씬 더 길을 잃은 느낌에 빠졌다. 그중 한 가지는 가톨릭교회의 상태와 관련이 있었다. 제2차 바티칸 공의회는 교회에 신선한 바람을 몰고 왔다. 더욱 넓은 의미를 지닌 공동체의 형성과 신학에 대한 신선한 접근, 사람들을 향해 자국어로 행하는 미사 등이 그것이었다.

하지만 그런 일들은 또한 엄청난 혼란을 불러일으켰으며, 신성한 교회 조직과 사람들의 태도가 흔들리면서 모든 게 불안정해졌다. 거의 모든 곳에 있는 신학교들이 혼란에 휩싸였고, 현대 사회 속에서 신부의 역할을 놓고 교수와 학생들 사이에 격론이 벌어졌다. 나는 대학을 마치고 나서 매우 학문적인 종교 공동체인 예수회로 들어갔고, 그곳에서 사람들이 선교사와 사회 변혁의 도구로 자신들의 위치를 재규정하는 것을 보았다. 또한 그들은 대학을 독점하고서 성직자 공동체로서 자신의 정체성을 이해하기 위해 노력했다. 물론 그들은 그렇게 할 권리가 충분히 있었다. 그런데 그런 변화가 일어나는 순간, 나는 인생의 그 시기에 젊은이들에게 필요한 분명한 모델을 찾지 못했다. 나는 길을 잃고 있었다.

내가 길을 잃었다고 느꼈던 또 다른 이유는 정말 개인적인 것이었다. 순진하고 자신감이 부족한 청년이었던 나는 나 자신이 교사이므로 다시 학생이 되는 건 포기해야 한다고 생각했다. 성직 수임을 받고 나서 나는 몇 년 동안 정처 없이 표류했다. 나는 내가 어디로 가고 있는지 몰랐고, 정말 내가 남들에게 줄 것을 갖고 있는지 알 수 없었다.

이런 상황은 박사 과정에 들어가서 철학을 공부하는 동안에도 계속되었다. 아무리 노력해도 나는 심한 압박감과 나에게 어울리지 않는 곳에 있다는 느낌에서 벗어날 수가 없었다. 서른여섯의 나이에 나는 박사 과정을 중퇴했다. 학위를 따기까지는 아직 2, 3년이 남아 있는 상태였다. 나는 길을 잃은 영혼이 되고 있었다.

스스로에 대한 자각으로 가는 길은 종종 길을 잃은 상황과 함께 시작된다. 붓다의 이야기가 떠오른다. 붓다는 편안한 환경에서 성장했기 때문에 많은 사람들이 겪는 비극적인 일들과는 동떨어져 살고 있었다. 붓다에 관한 이야기에 따르면, 그는 왕궁을 나와 길거리를 배회하다가 병자와 시체, 싸우는 두 남자를 만났다. 삶 속에서 붓다가 처음으로 고통을 경험하는 순간이었다. 그는 그 광경을 보면서 몸을 떨었다. 붓다는 완벽하지만 현실과 동떨어진 자신의 세계에서 더 이상 살 수 없었다. 그가 집으로 돌아갈 수 있는 길은 없었다.

붓다의 이야기는 우리들 대부분의 것과 같다. 우리는 세상에 태어난다. 그리고 세상에서 사는 법을 배우자마자 우리가 의지해 왔던 토대가 무너져버린다. 오랫동안 술에 빠져 있었던 시인 프랜시스 톰슨은 이렇게 말했다.

"내가 품고 있던 희망이 아래로 곤두박질치면서 입을 벌리고 있는 거대한 어둠 같은 두려움 속으로 떨어졌다."

붓다는 인간의 삶이 고통으로 가득 차 있다고 결론 내렸다. 길을 잃은 영혼들은 붓다의 말을 진심으로 이해할 것이다. 고통이 우리의 삶을 압도할 때 그것은 충격으로 다가온다. 더욱 나쁜 것은 고통이 잇달아 찾아온다는 것이다. 고통은 꼬리에 꼬리를 물고 이어진다.

오늘날 많은 사람들이 길을 잃은 영혼처럼 살아간다. 그들이 하는 일과 사회적인 활동, 심지어 여가조차도 그들이 내면에서 심오한 목적을 깨닫게 하는 데 아무런 역할을 하지 못한다. 내가 신학교에서 생활하는 사제였을 때 사람들은 내가 강한 목적의식을 갖고 있을 거라고 생각했을 것이다. 하지만 나는 오늘보다 내일이 더욱 나쁠 것이고, 삶 속에는 언제나 불쾌한 것이 준비되어 있다고 믿고 있었다. 성장하면서 나는 그런 느낌을 떨쳐버리려고 최선을 다했지만 그것은 사라지지 않고 언제나 내 곁에 있었다.

우리가 무엇에 의지하고, 어디에 희망을 걸어야 하는지 모를 때 다른 사람들과 신과의 관계는 엉망이 되고 고통스러워진다. 자신의 두 발로 설 수 없을 때, 우리는 의지할 것을 찾기 위해 사방을 둘러본다. 그러면 의지할 것이 하나씩 발밑에서 떨어져 나가는 것처럼 보인다. 우리는 길을 잃었다고 느낀다.

덴마크의 실존주의 철학자 키르케고르는 길을 잃은 느낌에 대해 다음과 같이 감동적으로 말했다.

"많은 사람들이 조용히 길을 잃은 채로 자신들의 삶을 견뎌내고 있다. 그들은 사실 자기 자신과 동떨어져 살다가 그림자처럼 사라진다. 그들의 불멸의 영혼은 바람에 날아가버리고, 영혼은 불멸하는 것이 아니냐고 묻는 말에도 불안해하지 않는다. 왜냐하면 그들은 죽기 전에 이미 분해되어버리기 때문이다."

키르케고르의 말은 우리가 길을 잃은 영혼으로 살아가는 지옥 같은 상황을 적절히 묘사하고 있다. 그는 사람들이 '자기 자신과 동떨어져 살고 있다'고 말한다. 그의 표현법은 집을 나간 탕자를 연상시킨다. 집을 떠났지만 돌아오는 방법을 찾을 수 없는 탕자 말이다. 그의 길은 안 좋은 경험과 나쁜 결과들로 얼룩져 있다.

자기 자신의 밖에서 살 때 사람들은 집에 있는 느낌을 잃어버린다. 이런 상태는 보통 '소외'라고 불린다. 몇 해 전 내가 비극적인 일로 마음이 산산이 부서지는 경험에 대해 설교했던 때가 기억난다. 설교가 끝난 뒤 한 여성이 눈물을 글썽이며 나에게 다가왔다. 그러고는 이렇게 말했다.

"지금 제가 그런 심정이에요. 제 삶이 수천 조각으로 흩어지고 있어요."

길을 잃은 영혼이 된다는 것은 자기 삶을 지지해주는 닻이 없고, 삶의 기준이 없다는 뜻이다. 이런 상황 속에서 종종 사람들은 자신의 텅 빈 삶을 물건들로 채우려고 시도한다. 그들은 자기 밖에 있는 어떤 것에서 집을 찾는다. 내가 어렸을 때, 우리 집 근처에 사는 친구의 집을 찾아간 일이 기억난다. 그 집은 화려하고 매우 컸으며, 멋진 가구들과 텔레비전, 오디오로 가득 차 있었다. 하지만 그 친구에 대해 더 많이 알게 되었을 때, 나는 그의 부모님이 잘 싸우고, 술을 많이 마시고, 혼란스럽고 불행한 삶을 산다는 것을 발견했다.

여러 면에서 친구의 집보다 소박했지만 나는 우리 집이 더욱 애착이 가는 진정한 집이라고 생각했다. 적어도 우리 집에선 사랑을 느낄 수 있었다. 아버지는 힘들게 일하고, 나 역시 학교 생활이 힘들었지만, 우리에겐 편안함을 주는 집이 있었다. 우리 집은 어머니가 사랑으로 보살피고, 물건이 아니라 우리의 가슴과 영혼에 있는 사랑으로 만들어진 장소였다.

삶이 나쁜 일의 연속처럼 느껴질 때, 키르케고르의 말처럼 '불멸의 영혼이 바람에 날아가는 것'은 시간문제다. 그것은 정말 놀라운 표현법이다. 그 말은 인간이 궁극적으로 위대함과 신성한 운명을 갖고 있고, 신의 형상으로 만들어졌다는 사실을 우리가 완전히 잊어버릴 수도 있음을 의미한다.

'우리는 무한한 필연성을 지니고 세상에 태어난다'는 알베르 카뮈의 금언이 진실하다면, 길을 잃은 영혼의 무게가 더욱 힘겹게 느껴질 것이다. 왜냐하면 모든 필연성에는 한계가 있을 수 있음을 깨닫기 때문이다. 그것은 더욱 실망스럽고 마음이 무너지는 일이다.

길을 잃은 영혼이 된다는 것이 도덕적인 면에서 죄를 짓는다는 뜻은 아니다. 그럴지라도 죄와 관련된 삶은 길을 잃어버리는 결과를 가져오기 쉽다. 이를테면 되풀이되는 무관심은 불성실과 생명에 대한 경시, 불의, 또 다른 심각한 죄로 이어질 수 있다. 하지만 길을 잃은 영혼이 되는 상태를 더욱 끔찍하게 만드는 것은 날마다 최선을 다해 살아가는 사람들에게도 그런 일이 일어날 수 있다는 것이다. 그들은 열심히 살려고 하지만 삶은 끊임없이 그들을 쓰러뜨린다.

『세일즈맨의 죽음』에서 찰리는 이렇게 말한다.

"아무도 감히 이 남자를 비난할 수 없다…… 그는 울적한 마음으로 미소를 짓는 구두닦이다. 사람들이 미소로 답하지 않을 때 그것은 지진이 일어나는 것과 같다. 사람은 자신의 모자에서 얼룩 몇 개만 발견해도 기분을 망칠 수 있다."

나에게도 그런 일이 있었다. 많은 사람들이 그런 경험을 가지고 있을 것이다. 우리는 삶이 자신의 모자에 얼룩을 만드는 일을 경험할 수 있으며, 그때 우리는 기분을 망친다. 키르케고르는 묻는다. 영혼이 불멸하든 하지 않든 그것이 무슨 상관이란 말인가? 영혼이 무너질 때 삶은 단지 불멸하지 않는 게 아니라 끝없이 아래로 떨어지는 듯 보인다. 그것은 매우 나쁜 소식처럼 느껴진다. 하지만 정말 그런 것일까?

『세일즈맨의 죽음』에는 내가 자주 인용하는 또 다른 구절이 있다. 그것은 윌리 로먼의 아내인 린다의 말이다. 그녀는 윌리에 대해 이렇게 말한다.

"남편이 이제껏 살았던 사람들 중에서 가장 좋은 성격을 가진 사람은 아니에요. 하지만 남편은 한 사람의 인간이고 끔찍한 일이 그이에게 일어나고 있어요. 관심을 기울여야 해요."

관심을 기울여야 한다. 우리의 삶에는 우리에게 일어나는 일에 대해, 그리고 우리 자신에 대해 관심을 기울이라고 말하는 린다 같은 이들이 있어야 한다. 그들은 우리가 길을 잃고 여전히 영혼의 첫 번째 단계에 있을 동안 우리에게 손을 뻗는다. 그들은 개인적으로 길 잃은 우리를 구해줄 수는 없을지라도 우리의 영혼이 여행을 할 수 있음을 알려줄 수 있다. 그러면 우리는 다시 어떤 빛을 보기 시작할 것이다.

앞에서 말했던 베로니카 같은 사람들이 내 책이나 내 설교, 내가 라디오에서 말한 것에서 어떤 자극을 받아서 영혼의 여행을 떠날 수 있었다고 말할 때마다 나는 언제나 고마움을 느낀다.

나에게 그런 자극을 주었던 한 남자의 이야기를 여러분에게 들려주고 싶다. 오랜 세월 그분은 나의 스승이자 동료, 친구였다. 그분은 밥 라카스라는 예수회 신부님인데 내겐 결코 잊을 수 없는 거대한 존재였다.

라카스 신부님은 삶보다 큰 사람이었다. 그분은 몸집이 크고, 잘생긴 외모에 배우의 표정과 태도를 지니고 있었다. 예수회 수사이자 예일 대학 학생이었던 그분은 문학, 신학, 미술, 음악에 관해 백과사전 같은 지식을 갖고 있었다. 라카스 신부님은 넘치는 상상력과 무한한 에너지를 축복처럼 받은 사람이었다. 특히 그분이 학생들을 가르칠 때 더욱 그런 느낌이 들었다.

라카스 신부님의 수업에서 방심이란 있을 수 없었다. 그분이 언제 질문을 던질지, 언제 기도를 하라고 요구할지 아무도 알 수 없었기 때문이다. 1963년 예수회 계열의 대학에서는 기도와 함께 수업을 시작하는 관례가 있었다. 그래서 캔자스 주에 있는 록허스트 대학에서 우리는 보통 주기도문이나 성모송을 암송하면서 수업을 시작했다.

그런데 라카스 신부님은 이와는 다른 생각을 갖고 있었다. 관습적인 기도 시간에 그분은 갑자기 우리 중 한 명에게 자기 마음대로 기도를 하라고 말했다. 그것은 열여덟 살짜리 사내아이들을 주눅 들게 하는 일이었다. 당시에 록허스트 대학에는 남학생들만 있었다. 나처럼 습관적으로 당황하는 학생이 다른 사람들에게 들려줄 기도의 말을 찾기란 특히 어려웠다. 그러나 그 사건은 기도를 가슴으로 하는 일로 만들었고, 언제든 내가 하고 싶은 말을 하면서 신에게 다가갈 수 있음을 가르쳐주었다.

대학에 다니는 동안 나는 라카스 신부님의 수업을 많이 들었다. 그중에서도 신입생 때 들었던 국어 수업은 정말 특별했다. 원래 그것은 신입생 작문 수업이었다. 다시 한 번 라카스 신부님은 남다른 시각을 보여주었다. 대부분의 작문 수업에서는 글 쓰는 법을 가르쳤지만 그분은 책 읽는 것을 가르쳤다. 그분은 우리에게 이렇게 충고했다.

"여러분은 좋은 책을 많이 읽어야 합니다. 그렇지 않으면 데이트를 하면서 할 말이 별로 없을 것입니다."

이처럼 가벼운 충고의 이면에는 진정한 지혜의 핵심이 놓여 있었다. 우리가 머릿속을 멜빌, 디킨스, 샐린저, 오크, 조이스, 소포클레스, 셰익스피어, 에이지로 채우지 않는다면 결코 글 쓰는 법을 배울 수 없다는 것을 라카스 신부님은 알고 있었다. 그분은 우리에게 문법을 암기하게 할 수도 있었지만(실제로 그렇게 하기도 했다) 우리가 재능 있는 작가들의 작품을 읽어서 상상력을 펼칠 때에만 글 쓰는 기술을 가르칠 수 있음을 알고 있었다.

라카스 신부님이 문학에 생명력을 불어넣었기 때문에 우리의 글도 생명력을 얻었다. 그분은 문학 작품에서 상징적인 표현을 읽는 법을 가르쳤으며, 문장에 얽매인 청년들을 상상력이 넘치는 가젤(아프리카 영양 : 옮긴이)로 변화시켰다. 우리는 『백경』을 읽고 멜빌의 순환하는 표현이 가진 힘을 배웠다. 그때 신부님은 분필로 다양한 색깔의 원을 그려서 칠판을 화려하게 장식했다. 그분은 우리를 『젊은 예술가의 초상』으로 데려가서 그 작품의 복잡하고 놀라운 수사법을 소개해주었다. 그리하여 마침내 우리가 숨쉬는 공기처럼 조이스의 독특한 문장을 빨아들이게 했다. 디킨스의 작품에서는 신부님이 '예상되는 감각적 움직임'으로 부르는 것을 발견하고, 말의 생동하는 힘에 대해 배웠다. 이제 책을 읽는 것은 하나의 모험이 되었고, 우리의 글쓰기는 나날이 향상되었다. 나는 나 자신이 생각하고 글을 쓸 수 있다는 것을 발견하기 시작했다.

내가 밥 라카스 신부님과 알고 지낸 세월은 무려 11년이나 된다. 그분은 나를 가르친 교사이자 정신적인 스승이었고 동시에 동료이자 친구였다. 세월이 흘러서 우리는 같은 대학에서 함께 가르치게 되었고, 함께 식사하고, 베일에서 함께 휴가를 보내고, 함께 기도했다. 이렇게 다양한 방식으로 우정을 키워왔기 때문에 우리의 관계는 언제나 변함이 없었다.

첫날 신입생 국어 수업 때부터 그분은 내가 부끄러워하고 소심한 아이라는 것을 단번에 알아차리고는 내가 그런 성격에 굴복하지 못하게 했다. 그분은 나에게 용기를 주고, 나의 잘못을 바로잡고, 나에게 도전하고, 나를 당황하게 하고, 좋은 말로 구슬리고, 나를 위해 기도했다. 그리고 내가 배우고, 가르치고, 신부로 성장하는 모든 단계에서 차츰 발전해가는 모습을 보면서 기뻐했다.

라카스 신부님은 내가 신부가 되는 것을 보지 못했다. 그분은 내가 신학과정에 들어가기 직전 캔자스시티에 있는 성 프랜시스 성당의 복도에서 심장마비로 세상을 떠났다. 그날은 일요일 아침이었다. 그분은 가까운 사람들을 위해 매주 행하는 구역미사를 준비하고 있었다. 그날 복도를 걸어가던 신부님은 누군가와 악수를 하고 나서 몸을 돌리자마자 이렇게 소리쳤다.

"나의 아버지여, 나의 아버지여."

그런 다음 복도에 쓰러져 숨을 거두었다. 라카스 신부님의 예상치 않은 죽음은 내게 굉장한 충격을 안겨주었다. 세상을 떠나기 이틀 전 저녁 무렵, 라카스 신부님은 대학 교정에서 자동차에서 내린 뒤에 별들이 반짝이는 여름 하늘을 올려다보면서 이렇게 소리쳤었다.

"이렇게 아름다울 수가!"

그분이 가버린 뒤에 상실감을 느낀 사람은 나만이 아니었다. 지금도 라카스 신부님은 내 영혼 속에서 영원히 살고 있다. 나는 이따금 그분의 반짝이는 두 눈과 유쾌하게 웃는 모습을 보고, 쩌렁쩌렁한 목소리로 이렇게 말하는 소리를 듣는다.

"폴, 두려워해선 안 돼. 계속 성장해야 해. 자네의 재능을 사용하라구. 그리고 절대로 가슴을 잃어선 안 돼."

나는 그분의 영혼이 모든 곳에 있다고 믿고 있다.

영적인 삶의 첫 번째 단계는 다음과 같이 가치 있는 많은 생각을 가져다준다.

1. 길을 잃은 영혼은 혼자 남겨진 듯하지만, 정말로 홀로 있는 것은 아니다.
2. 길을 잃은 상태는 새롭고, 심오하고, 멋진 어떤 것을 향한 첫걸음일 뿐이다. 즉 신비, 영혼의 영역으로 가는 첫걸음이다.
3. 이 단계에서 우리가 영혼의 언어에 대해 막 배우기 시작했음을 기억해야 한다.
4. 첫 단계를 포함한 영혼의 일곱 단계는 우주의 영원한 진리를 배우는 일의 일부분이다.
5. 삶에 영적으로 접근할 때 우리는 사물을 이해하는 시간을 가질 수 있다. 즉시 대답을 얻지 못하더라도 문제 될 건 없다.
6. 영적인 삶을 살기 위해 우리는 기다릴 필요가 없다. 또한 어떤 과정을 끝마친 뒤에 그런 삶을 살 수 있는 것도 아니다.

지금부터 이런 생각들에 대해 좀더 자세히 살펴보도록 하자.

길을 잃은 영혼은 혼자 남겨진 듯하지만, 정말로 홀로 있는 것은 아니다.

길을 잃은 영혼이 될 때 가장 놀라운 일 가운데 하나는 자신이 혼자가 아니라는 사실을 발견하는 것이다. 내가 나와 똑같은 느낌을 가진 사람들이 있다는 걸 깨닫기까지는 꽤 오랜 시간이 걸렸다. 그 전까지는 나만 그런 줄 알고 있었다. 어쩐지 내 삶에만 나쁜 일이 일어나는 것 같았다. 모두가 나보다 쉽게 살아가는 것 같았다. 나만큼 부끄럼을 잘 타고, 적응을 못 하고, 아는 것이 없는 사람은 아무도 없는 것 같았다.

영적인 삶의 첫 단계에서 자신이 길을 잃은 영혼이라는 것을 자각할 때, 나만 그렇지 않다는 걸 마음에 새기는 게 특히 중요하다. 지금 당장 완전히 깨닫지 못하더라도 그것을 마음속에 간직해야 한다.

길을 잃은 상태는 새롭고, 심오하고, 멋진 어떤 것을 향한 첫 걸음일 뿐이다. 즉 신비, 영혼의 영역으로 가는 첫걸음이다.

영혼의 첫 단계에서 핵심적인 것은 두 가지다. 첫 번째는 자신이 길을 잃었다는 것을 깨닫는 것이다. 두 번째는 길을 잃은 상태는 단지 새롭고 더 나은 것으로 나아가는 첫걸음이라는 희망을 품는 것이다. 즉 자신이 신비의 영역, 영혼의 영역으로 가고 있다고 생각하는 것이다.

이 단계에서는 길을 잃은 상태를 되돌리려고 하면서 옆길로 빠지기 쉽다. 당신은 자신의 삶을 되돌려놓을 수 있는 것처럼 가장할 수도 있다. 단지 열심히 일하고, 기도하고, 운만 좋으면 모든 일들이 예전의 모습으로 돌아갈 것처럼 가장하는 것이다.

과거의 삶이 다시 돌아가고 싶은 삶이 아니라는 걸 깨달으려면 어떤 행동을 할 필요가 있다. 종종 사람들은 "그때가 좋았어."라고 말하면서 옛일을 추억하곤 한다. 그때 모든 일이 '더 간단했고', '더 수월했고', '더 나았다'는 것이다. 지금 상황이 특히 좋지 않을 때 사람들은 과거의 삶을 되찾기를 염원한다. 하지만 마음을 열고서 혹시 다른 것을 경험하게 하려고 일이 그렇게 되었을지도 모른다는 데 생각이 미칠 때, 우리는 조금 마음의 여유를 가질 수 있다. 그리고 미친 듯이 흥분하는 것을 멈추고 단지 무슨 일이 일어나는지 귀 기울여 들어볼 필요가 있음을 깨닫게 된다.

토이 박사와 베로니카는 물론이고 나 또한 무언가 변화가 필요하고, 그것이 우리의 내면에서 일어나야 한다는 것을 깨달아야 했다. 아마도 당시에 우리의 내면세계, 곧 내면의 삶은 상당히 위축되어 있었을 것이다. 우리의 영혼은 숨 쉴 공간을 요구하고 있었을 것이다. 조금만 귀를 기울인다면 우리는 자신의 영혼이 의도하는 바를 정확히 알아차릴 수 있다.

이 단계에서 우리가 영혼의 언어에 대해 막 배우기 시작했음을 기억해야 한다.

영혼이 길을 잃을 때 우리는 매우 불편함을 느낀다. 지금 처해 있는 상황뿐 아니라 앞으로 가야 할 길도 불편하게 느껴진다. 언젠가 라디오 방송을 하는데 한 남자 청취자가 전화를 걸어와 열일곱 살인 딸과 대화가 안 된다고 하면서 정말로 울음을 터뜨렸다. 그 남자는 결혼에 실패해서 몇 년 동안 딸과 헤어져 살고 있었다. 그 때문인지 딸이 아버지를 싫어하고 아버지 말을 들으려 하지 않는다는 것이었다.

대화를 나눠보니 그는 딸과 대화를 나눌 수 있는 방법에 대해 어떤 충고를 듣고 싶어 하는 게 분명했다. 하지만 내가 정말로 충고를 했을 때, 그는 내가 제정신이 아니라고 생각했을지도 모른다. 나는 그에게 이렇게 말했다.

"따님과의 문제를 빠르게 해결할 수 있는 방법을 제시하진 못하겠습니다. 하지만 문제가 어디에 있는지 이해하도록 도와드리겠습니다. 안타까운 일이지만 따님과 대화가 안 되는 것은 본질적으로 외부적인 문제가 아닙니다. 오히려 내면적인 문제일 가능성이 큽니다. 대화를 시도해도 결국 실패할 거라고 미리 포기하지 말고 이 문제를 선생님의 영혼으로 이해해보십시오."

솔직히 그는 내 말을 어처구니없다고 받아들이는 듯했다. 나는 상관하지 않고 계속했다. 나는 그에게 마음을 어지럽히지 않는 조용한 곳으로 가라고 일러주었다. 그리고 긴장이 풀릴 때까지 깊은 호흡을 두세 번 하라고 말했다. 그런 다음에 눈을 감고 자신이 딸과 같은 방에 있는 모습을 그려보라고 했다. 하지만 그가 딸의 또래가 되어서, 아버지가 아니라 딸의 친구가 되어 있다고 상상하라고 말했다. 그러고 나서 딸에게 무엇이 문제인지 물어보고 딸이 대답하는 말을 귀담아 들으라고 했다. 그렇게 딸과 말을 주고받으면서 두 사람 모두 가슴으로 말하고 진정으로 서로의 말에 귀 기울이라고 부탁했다. 다시 말해 나는 그가 자신의 딸과 영혼으로 대화하기를 원했던 것이다.

그런 상황이 되면 나이와 역할의 장벽이 사라지면서 단지 대화를 나누는 두 사람의 인간 존재가 될 수 있다. 또한 진심으로 대화하면서 서로의 말에 귀 기울일 수 있다. 과거에 아버지와 딸이 나누었던 대화에 문제가 있었다면, 그것은 대화가 조금도 영적이지 않았다는 것이다.

과거의 대화는 자기만 옳고 상대방은 잘못되었다고 우기면서 서로의 잘못을 따지는 세계에 있었다. 영혼의 세계는 이 모든 차이점들을 공통분모로 변화시켜 두 사람이 서로에게 귀 기울이고 의사소통하게 한다. 나는 아버지가 외적인 세계에서 다시 한 번 딸과 대화를 시도하기 전에 영혼의 세계를 보고 나서 딸과 함께 그것을 경험하기를 원했다.

아버지와 딸은 여러 해 동안 헛되이 시도하고 실패하면서 만들어진 장벽을 허물 필요가 있었다. 그것은 그들이 길을 잃게 만든 세계였다. 그들은 새로운 어떤 것, 즉 그들을 내면으로 안내하는 것을 시도할 필요가 있었다.

그 실험이 정말 효과가 있었는지는 아직도 알지 못한다. 남자가 정말 그렇게 했는지도 알 수 없다. 지금까지 그가 나에게 다시 전화해서 결과를 알려주지 않았기 때문이다. 그렇게 하겠다고 약속만 해놓고 말이다. 하지만 나는 영적인 접근을 통해 차이가 사라졌던 비슷한 상황들을 알고 있다. 내 친구이자 작가인 웨인 다이어는 나에게 말했다.(그리고 자신의 책 『진정한 마법』에서 그것에 대해 썼다.) 영적인 것에 바탕을 두고 대화를 했을 때 자신의 십대 딸아이와 가장 효과적으로 의사소통을 할 수 있었다고. 영혼은 무언가 중요한 것을 간직하고 있으며, 린다 로먼의 말처럼 그것에 관심을 기울일 때 우리의 외적인 삶에 기적적인 일이 일어난다.

그런데 왜 우리는 다른 방식을 고집하는 것일까? 그 이유는 이 단계에서는 말 그대로 어떤 결과가 나타날지 모르기 때문이다. 우리 앞에 나타나는 모든 것에 귀 기울이는 법을 배우는 것은 멋진 일이다. 이 단계에서 우리는 귀를 기울이고 받아들일 수 있는 여유를 갖고 있다. 그리고 나중에 평가하고 행동할 것이다.

린다 로먼이 남편 윌리에게 주의를 기울이라고 말한 것처럼 밥 라카스 신부님은 나에게 주의를 기울이고 내 영혼이 길을 잃게 내버려두지 말라고 가르쳐주었다. 우리에겐 린다와 라카스 신부님 같은 사람들이 필요하다. 그들은 우리가 넘어지지 않게 하려고 애를 쓰는 사람들이다. 우리가 자신의 삶을 쓰레기라고 생각할 때 그들은 그곳에 보물이 있다고 가르쳐준다. 그들은 우리에게 주의를 집중하라고 가르친다. 또한 우리의 영혼이 구원받을 수 있음을 믿도록 도와준다.

첫 단계를 포함한 영혼의 일곱 단계는 우주의 영원한 진리를 배우는 일의 일부분이다.

자신이 길을 잃은 영혼임을 느끼는 순간은 고통스런 시간이다. 우리의 영혼은 '의욕적이고' '책임을 지는' 세계에 살고 있다. 이 세계는 원하는 것을 얻는 법을 아는 사람에게 감탄하며, 그렇게 행동할 것을 요구한다. 혼란을 느낄 시간은 없다. 하지만 나는 저쪽에서 길을 잃은 영혼들이 무수히 많다는 걸 발견했다.(베로니카도 앞으로 발견할 것이다.) 그들은 외면적인 삶은 그런대로 유지하지만 내면에서는 무너지는 자기 자신을 발견한다. 그들은 삶에서 정말로 가슴 아픈 시간을 지나고 있다. 자신이 어느 방향으로도 가고 있지 않고, 아무 데도 갈 곳이 없음을 느낀다. 삶의 모든 것이 텅 비어 있고 쓸모없는 것처럼 보인다.

자신의 영혼이 길을 잃었음을 발견할 때 사람들은 물에 빠지는 듯한 느낌을 받는다. 하지만 사실 그들은 이제 막 수영하는 법을 배우고 있는 것이다. 우리 문화는 스스로의 힘으로 일어서야 한다고 말하지만, 길을 잃은 순간은 아직 수영을 배울 때가 아니다. 오히려 귀를 기울이고, 관찰하고, 질문을 던질 때다.

베로니카는 오랫동안 옆으로 밀어놓았던 두려운 신호들을 더 이상 무시할 수 없게 되었다. 이제 그녀는 그 신호들에 귀를 기울이고, 그 느낌들이 자신에게 어떤 영향을 주는지 관찰하기 시작했다. 그녀는 자기 삶의 거의 모든 측면에 의문을 품기 시작했다.

베로니카는 아직 그것을 무엇으로 부를지 모를 것이다. 자신을 덮쳐오는 그 질병을 말이다. 하지만 결국 그것이 첫 번째 영혼의 단계임을 깨달을 것이다. 즉 자신이 길을 잃은 영혼이고, 자신이 어디로 가고 있는지 모른다는 걸 인정할 것이다. 지금 그녀에게 비극처럼 보이는 일은 오히려 새로운 것을 발견하고 통찰력을 얻을 수 있는 모험의 첫 단계다. 그리하여 그녀는 눈앞에서 무너지고 있는 자신의 삶보다 더욱 완전하고 풍성한 삶으로 나아갈 것이다.

삶에 영적으로 접근할 때 우리는 사물을 이해하는 시간을 가질 수 있다. 즉시 대답을 얻지 못하더라도 문제 될 건 없다.

이 단계에서 영혼의 단계들에 대해선 나중에 조사하겠다고 마음먹는 것은 너무 섣부른 결정이 아니다. 길을 잃었을 때 우리가 확실히 알고 있는 한 가지는 자신이 어디로 가는지 모른다는 것이다. 이럴 때 우리는 삶이 두려워진다. 본능적으로 우리는 이것이 '올바르지 않다'고 생각한다.

특히 우리를 두렵게 만드는 일은 자신의 삶이 다시는 어떤 방향으로도 가지 못하리라고 생각하는 것이다. 우리는 스스로에게 이렇게 묻기 시작한다. "내 자리를 지킬 수 없으면 어떡하지?" "아무도 나와 결혼하지 않으면 어떡하지?" "내가 병에 걸려 빈털터리가 되어서 결국 극빈자 수용소로 들어가면 어떡하지?" 우리는 문득 이런 질문을 던지면서 두려움에 사로잡히기 시작한다. 문제는 우리가 즉시 그 질문에 대답할 수 없다는 것이다.

자신이 길을 잃은 영혼임을 발견할 때 이처럼 두려운 질문을 던지는 것은 지극히 자연스럽고 정상적이다. 또한 영적으로 그런 것들을 이해하려면 시간이 걸린다는 사실을 알아야 한다. 따라서 즉시 답을 얻지 못하더라도 문제 될 건 없다.

이렇게 말하는 데에는 이유가 있다. 무엇보다도 우리는 영혼이 어떻게 구성되었는지 알아야 하는데 그러기가 굉장히 어렵기 때문이다. 영적인 단계를 지날 때 우리는 자신의 영혼에 대해서 독특한 어떤 것을 본다. 한편으로 영혼은 매우 위엄이 있고 고결하다. 그것은 놀라운 일이 아니다. 우리는 영혼에 대해 그런 것을 기대하기 때문이다. 하지만 동시에 영혼은 언제나 어떤 결과를 가져오는 구체적인 세계로 우리를 돌아오게 만든다.

우리의 영혼은 두 가지 방향으로 이끌린다. 하나는 위쪽이고 다른 하나는 아래쪽이다. 이것은 우리가 영적으로 살아갈 때 집으로 불릴 수 있는 두 개의 장소를 갖는다는 뜻이다. 한 곳은 높은 곳에 있고 다른 한 곳은 무척 오래된 어머니 지구 위에 있다. 이것은 우리의 영혼이 언제나 약간 불안하다는 것을 의미한다. 만일 영혼이 구체적이고 특별한 것에 너무 집중해 있으면 영혼은 우리에게 본질적이고 보편적인 것으로 돌아오라고 요구할 것이다. 반대로 영혼이 보편적인 것에 너무 집중해 있다면, 영혼은 우리를 구체적인 일로 돌아오게 만들 것이다.

이런 까닭에 명상을 하는 수도승들이 종종 구체적이고 일상적인 노동을 생활의 규칙으로 삼는 것이다. 만일 그들이 하루 종일 명상만 한다면 그들의 영혼은 일의 세계를 그리워할 것이다. 반대로 그들이 하루 종일 일만 한다면, 영원을 바라보는 시간이 그리울 것이다.

따라서 영적인 것은 우리가 자기 자리에서 편안함과 불편함을 동시에 느끼게 한다. 길을 잃은 영혼임을 느낄 때 우리는 예전의 자리에 있지 않기 때문에 불편하다. 하지만 이상하게도 우리가 예전의 삶으로 돌아가려는 허망한 노력을 기울일 때에도 불편하기는 마찬가지다. 우리는 배우자와 함께 가장 좋아하는 레스토랑에 가서 음식을 먹으면서 바이올린 연주를 다시 듣는다면 관계가 좋아질 거라고 기대한다. 하지만 그런 노력 속에서 우리는 얼마나 자주 실망하는가!

그렇다면 우리는 무엇을 어떻게 해야 할까? 영혼이 길을 잃었다고 느껴질 때 우리는 자신이 애매하고 어중간한 곳에 있다는 사실을 편안하게 받아들여야 한다. 그런 상황에서 우리는 보통 이렇게 소리치곤 한다.

"이건 말도 안 돼! 우린 지금 애매한 중간지대에 있다구."

사실 우리는 상당히 안전한 곳에 있다. 영적인 단계에서 경험하는 것 중에는 우리의 영혼에 대한 신뢰를 배우는 일도 포함되어 있다. 영혼은 우리가 높은 곳으로 올라가야 할 때와 땅으로 내려와야 할 때를 알고 있다. 영혼과 친구가 될 때 영혼이 우리가 바라는 일에 대해 우리 자신보다 잘 알고 있음을 깨닫게 된다. 언젠가 『영혼의 보살핌』의 저자 토머스 무어에게 강연과 집필의 바쁜 일정 속에서 어떻게 자신의 영혼을 돌보느냐고 물은 적이 있다. 그러자 그는 이렇게 말했다.

"분명히 말할 수 있는 건 제가 집에서 많은 시간을 보낸다는 겁니다. 특히 정원에서 직접 흙을 만지면서 일을 하죠."

그는 자신의 영혼이 그런 삶의 리듬을 요구한다는 걸 알고 있었다.

자신이 길을 잃은 영혼임을 발견할 때 우리 또한 그런 요구에 대해 생각해야 한다. 이때 우리는 영혼이 보편적인 것과 구체적인 것, 숭고한 것과 하찮은 것 사이를 오르내리도록 신호를 보내고 있음을 알아차린다. 우리는 스스로를 영원한 순례자, 곧 집도 없이 끊임없이 돌아다니는 방랑자처럼 생각할 것이다.

그러면서 우리는 새로운 집, 즉 '여기'도 아니고 '저기'도 아닌 두 곳에 모두 있는 집에서 사는 법을 배운다. 특히 자신의 삶이 무너져 내릴 때 우리는 유토피아, 곧 완전한 장소를 찾는다. '유토피아'가 그리스어로 '좋은 곳'(eu-toppos)과 '없는 곳'(ou-toppos)이라는 어원을 동시에 갖고 있다는 건 정말 흥미롭다. 우리가 찾고 있는 집은 영혼 자체다. 불안하긴 하지만 우리는 새로운 어떤 것, 새로운 환경, 새로운 모험을 찾으라는 요구 속에서 편안함을 느끼기 시작한다.

길을 잃은 영혼들은 막 모험을 떠나는 출발점에 있다.

영적인 삶을 살기 위해 우리는 기다릴 필요가 없다. 또한 어떤 과정을 끝마친 뒤에 그런 삶을 살 수 있는 것도 아니다.

첫 번째 단계, 즉 길을 잃은 영혼이 되는 단계는 이미 영적인 삶 속에 있다. 이 단계에서 우리는 종종 자신에게 무슨 일이 일어나고 있는지 짐작조차 못 하고, 일들이 너무 혼란스럽다고 생각한다. 하지만 당신의 영혼이 당신이 있는 곳에 있다는 걸 기억하라.

이 단계에서 사람들은 보통 영혼을 갖는 것에 대해 깊이 이해하지 못한다. 또한 영혼이 무엇인지, 그것을 접촉하는 방법이 무엇인지도 잘 알지 못한다. 그러나 우리가 잉태되는 순간부터 영혼은 그곳에 있었다.

우리가 아무리 영혼을 무시하고, 영적인 생활로부터 멀리 떨어져 나와 방황하더라도 영혼은 결코 우리 곁을 떠나지 않는다. 우리는 영혼을 얻기 위해 어떤 노력도 할 필요가 없다. 영혼은 언제나 우리 안에 있으면서 자신의 역할을 다하고 있다. 우리가 영혼을 의식하지 못하는 순간에도.

이것은 다시 한 번 강조할 필요가 있다. 요즘 사람들은 어떤 것을 얻기 위해 책이나 프로그램, 테이프의 도움을 얻는 일에 익숙하다. 영혼에 대해서는 그럴 필요가 없다. 영혼은 언제나 거기에 있다. 즉 당신이 삶의 어느 단계에 있든 상관없이 영적인 삶은 지금 여기에 있다. 당신은 이미 영혼을 갖고 있다. 필요한 일은 오직 영혼에 귀를 기울이는 것뿐이다.

STAGE 2
깊은 수렁에 빠지다

시간이 흐르면서 당신은 신이나 운명에 의해 불행하고 불만스런 삶을 살도록 예정된 것처럼 느끼기 시작한다. 다른 사람들이 따뜻한 햇볕을 쪼이는 동안 나만 왜 절망 속에서 고통 받아야 할까? 이런 느낌을 가질 때 당신은 길을 잃은 느낌에서 한 걸음 더 나아간다. 마치 삶의 수렁에 빠진 듯 느껴지는 것이다.

STAGE 2
깊은 수렁에 빠지다

영혼이 길을 잃는 것은 비록 영적인 일일지라도 고통스럽고 혼란스런 경험이다. 자신이 길을 잃었음을 깨달을 때, 당신은 영원히 줄어들지 않을 것 같은 고민과 혼란에 빠질 수 있다. 하지만 그것이 고통의 끝은 아니다. 길을 잃는 경험을 한 뒤에 당신은 결국 불행하고 비관적인 시각으로 스스로를 인식하기 시작한다.

시간이 흐르면서 당신은 신이나 운명에 의해 불행하고 불만스런 삶을 살도록 예정된 것처럼 느끼기 시작한다. 당신은 이웃과 가족, 직장 동료들의 삶을 바라보기 시작한다. 그 사람들은 멋지고 성공적인 삶을 살고 있는데 자신만 그렇지 못한 것처럼 생각된다. 다른 사람이 누리는 행복을 자신만 누리지 못하는 것처럼 느껴진다.

처음으로 내 삶에서 영성이 어떤 의미를 갖는지 묻기 시작했을 때, 나는 삶이 주는 은혜에서 나 자신만 제외된 것처럼 느꼈다. 나는 성인들은 물론이고 놀라운 영적 체험을 했던 평범한 사람들에 관한 책을 읽고 이야기를 듣곤 했다. 위대한 치유는 그들이 진심으로 기도하는 순간에 기적처럼 일어났다. 그것을 보면서 나는 마음속으로 이렇게 묻곤 했다.

"왜 나에겐 그런 일이 일어나지 않는 것일까?"

왜 나는 그런 일을 경험하지 못했을까? 신은 그들을 나보다 더 좋아했던 것일까? 나는 행운에서 제외된 사람일까? 다른 사람들이 따뜻한 햇볕을 쪼이는 동안 나만 왜 절망 속에서 고통 받아야 할까?

이런 느낌을 가질 때 당신은 길을 잃은 느낌에서 한 걸음 더 나아간다. 마치 삶의 수렁에 빠진 듯 느껴지는 것이다. 자기만 제외하고 세상의 모든 사람들이 멋진 삶을 사는 것처럼 느껴진다. 학창 시절 내내 나는 그런 느낌으로 살았다. 사람들은 항상 내가 똑똑하다고 말했다. 하지만 정작 나 자신은 그것을 전혀 느낄 수 없었다. 나는 다른 사람들이 뛰어난 실력을 발휘하면서 앞서 나가는 것을 지켜보고 있었다. 그들과 달리 나는 언제나 힘들게 앞으로 나아갔다. 나는 적은 노력과 고민으로 능력을 발휘하고 공부를 잘할 수 있었다면 무엇이든 했을 것이다.

자신이 수렁에 빠졌다고 느낄 때, 그것은 길을 잃은 느낌보다 훨씬 나쁜 느낌을 준다. 거기에는 많은 요소들이 포함되어 있으며, 그 모든 것이 삶에 대한 믿음과 관련되어 있다. 수렁에 빠졌다고 생각할 때 우리는 보통 이런 믿음을 갖는다.

1. 나에게는 딛고 설 수 있는 단단한 땅이 없다.
2. 외부에 있는 무언가가 표류하는 나를 구해줄 것 같다.
3. 길을 잃은 느낌에서 도저히 벗어날 수 없을 것 같다.
4. 세상은 불친절한 곳이며, 특히 나에게는 그렇다.
5. 시련 속에서 나는 완전히 혼자다.
6. 아무리 노력해도 나는 영원히 수렁에서 빠져나오지 못할 운명이다.

지금부터 잠시 동안 이런 믿음들 속에는 무엇이 포함되어 있는지 살펴보도록 하자.

나에게는 딛고 설 수 있는 단단한 땅이 없다.

삶의 수렁에 빠졌다고 생각할 때 당신은 자기 발밑에 단단한 땅이 없다고 생각한다. 길을 잃을 때 당신은 발판을 얻기 위해 많은 일들을 시도하지만, 어떤 것도 소용이 없는 듯 보인다. 다양한 시도에도 불구하고 당신은 그저 다른 일로 옮겨가는 자신을 발견할 뿐이다. 그동안 당신은 진정한 평온과 위로, 평화를 발견하길 원한다. 당신은 마치 무중력 상태에서 공중을 걷는 느낌을 가질 것이다. 다른 점이라면 다시 단단한 땅으로 내려온다는 보장이 없다는 것이다.

나와 친하게 지내는 줄리는 메디슨 애비뉴(뉴욕의 광고업 중심지 : 옮긴이)에서 일하는 성공적인 직장 여성이다. 어느 날 그녀는 자신이 어린 시절과 십대의 시절을 지나면서 수렁에 빠졌던 상황에 대해 말해주었다.

"제가 다섯 살 때 크리스마스 날에 그 일은 시작되었어요. 그 날은 트리 아래 놓인 선물들을 설레는 마음으로 풀어보면서 여느 크리스마스 아침과 똑같이 시작되었어요. 오후 늦게 저는 계단에서 누군가 쓰러진 것처럼 쿵 하는 소리를 들었어요. 저는 곧바로 계단 위로 뛰어올라갔어요. 머리에서 피를 줄줄 흘리면서 바닥에 쓰러져 있는 사람은 바로 엄마였어요. 저는 정신없이 달려가 엄마 머리를 팔로 감싸면서 소리쳤어요.

'엄마, 엄마, 제발 말 좀 해봐요.'

그때까지 저는 죽은 사람을 한 번도 본 적이 없었지만, 엄마가 저에게 대답하지 않고 일어서지도 않으리란 것을 마음 속 깊이 느낄 수 있었어요."

줄리가 계속해서 말했다.

"그 뒤로 혼란스런 상황이 이어졌어요. 아무것도 확실치 않았습니다. 신문에는 엄마가 개에 걸려 넘어졌다고 보도되었지만, 우리 가족 누구도 어떤 일이 일어났는지 정확히 알지 못했어요. 왜 엄마가 죽어야 했는지는 더더욱 알 수 없었죠."

끔찍한 크리스마스의 사고는 줄리와 그녀의 언니가 길을 잃고, 삶이 제멋대로 흘러가게 만든 희한한 일들의 시작에 불과했다. 불편한 심기를 드러내기보다는 숨기는 성향을 가진 줄리의 가족에게 엄마의 죽음은 점점 더 가족을 해체시키는 촉매제가 되었다. 줄리와 그녀의 언니가 사춘기에 접어들면서 아버지와의 사이가 더욱 멀어졌다. 결국 아버지는 십대의 딸들을 위해 집을 따로 샀고, 당신은 또 다른 집으로 이사를 갔다. 그렇게 딸들은 홀로 남겨지게 되었다. 줄리가 나에게 말했다.

"저는 더 이상 학교에 가지 않았어요. 그리고 날마다 텔레비전 앞에 앉아서 과자만 먹었어요. 가장 나빴던 것은 저에게 관심을 보이거나 심지어 제 상태를 알아차리는 사람조차 없었다는 거예요. 그렇게 저는 십대 시절을 보냈어요. 엄마는 돌아가셨고, 아버지는 집을 떠났고, 저는 학교와 삶에서 모두 벗어났어요. 하지만 아무도 알아차리질 못했어요. 저는 점점 더 깊숙한 수렁 속으로 빠져들고 있었지만 아무도 관심을 기울이지 않았어요."

결국 학교에 있는 한 수녀가 줄리가 계속 결석하는 것을 알아차리고는 줄리를 달래서 학교로 돌려보냈다.

줄리가 생각에 잠긴 표정으로 말했다.

"그 수녀님이 없었다면 제가 오늘 어디에 있을지……."

분명 메디슨 애비뉴에는 없을 것이다. 줄리의 이야기는 수렁에 빠지는 영혼의 단계에 있는 중요한 측면을 잘 보여준다.

삶이 당신이 의지하는 것들을 강제로 빼앗아갈 때, 당신은 자신이 혼자서 표류하고 있다고 생각한다. 줄리는 엄마를 잃은 뒤에 아버지까지 집을 떠났고, 마침내 학교와 모든 사람들을 잃어버렸다. 하지만 아무도 그녀에게 신경을 쓰거나 관심을 기울이지 않는 듯했다.

외부에 있는 무언가가 표류하는 나를 구해줄 것 같다.

자연은 진공 상태를 무척 싫어한다. 따라서 안전하게 기댈 곳이 없는 것은 끔찍하고 두려운 경험이다. 우리의 삶이 어디로도 가고 있지 않다고 느낄 때, 우리는 정착하고 기댈 수 있는 것들을 필사적으로 찾는다. 어떤 사람들은 알코올과 마약에 의지하는데 그것은 가장 낮은 차원의 선택이다. 또 다른 사람들은 진공 상태를 비정상적인 분주함으로 해결한다. 즉 자신의 거의 모든 시간을 잡담과 소음, 행동과 약속, 산란함으로 채운다. 줄리에게 그것은 과자를 먹으며 텔레비전을 보는 일이었다.

1999년 4월 콜로라도 주 리틀턴에서 학생과 교사를 살해한 마피아들은 총과 폭탄, 폭력적인 웹사이트로 자신들의 텅 빈 곳을 메웠다. 자신이 얼마나 많이 소유하고 있는지, 무엇을 하는지, 그리고 어떤 종류의 친구를 얼마나 갖고 있는지를 통해 스스로를 정의할 때—또는 다른 사람들이 우리를 정의하게 할 때— 우리는 내면 깊은 곳에 있는 빈 공간을 채우려고 하는 것이다. 자신의 깊은 중심이 비어 있다고 느낄 때 우리는 극도로 불편해진다.

물질주의 사회에서 비어 있음은 나쁜 것이다. 반면에 소유와 결과는 좋은 것이다. 진공 상태는 텅 비어 있는 부정적인 상태이고 제거되어야 할 어떤 것이다. 우리는 텅 빈 공간을 채우기 위해 미친 듯이 외부에 있는 것들로 눈길을 돌린다.

하지만 빈 공간을 채우려 아무리 노력해도 우리는 계속해서 허전함을 감출 수 없다. 가슴의 빈 구멍이 결코 사라지지 않을 것처럼 느껴지기 때문이다.

길을 잃은 느낌에서 도저히 벗어날 수 없을 것 같다.

이것은 우리가 수렁에 빠질 때 겪게 되는 좌절감의 일부분이다. 좌절감은 대체로 우리의 마음의 작용과 관련되어 있다. 그것은 또한 '문제'의 진정한 성격과도 어느 정도 관련이 있다. 먼저 마음을 살펴보도록 하자.

우리의 마음은 무엇에 관심을 갖든 그 방향으로 뻗어나가는 경향이 있다. '그대는 자신이 생각하는 대로 될 것이다'라는 성서의 격언은 그 점을 잘 지적하고 있다. 문제에 초점을 맞출 때 우리는 더 많은 문제를 갖게 된다. 성공에 초점을 맞출 때, 우리는 성공한 모습을 보여주기 쉽다.

살아가면서 나는 종종 '생각하는 대로 이루어지는' 원칙을 실천하기가 왜 그토록 어려운지 궁금했다. 그러자 내가 성공에 집중하려고 할 때마다 사실은 실패에 대한 두려움을 감추려고 노력했다는 것이 떠올랐다. 예를 들어 밀린 청구서를 어떻게 해결할 것인지 걱정할 때 나는 앞으로 잘 될 거라는 생각을 가지려고 노력했다. 하지만 내 마음은 사실 파산할지도 모른다는 생각에 집중하고 있었다. 때문에 잘 될 거라는 긍정적인 생각이 나를 아무데도 데려가지 않은 것이다.

기도를 하면서도 종종 내가 그와 똑같이 행동한다는 것을 깨달았다. 내 마음이 고통과 질병에 집중하고 있는 상태에서 나는 신에게 건강을 달라고 기도하곤 했다. 자신이 관심을 집중하는 것은 반드시 밖으로 드러나게 되어 있다. 그것이 마음의 법칙이다.

수렁에 빠진 사람들도 종종 그와 똑같이 행동한다. 그들은 자신이 수렁에 빠져 있다는 사실에 집중한다. 자신의 삶에는 단단한 발판이 없다는 사실에 초점을 맞춘다. 그것은 계속해서 '자기충족적 예언'(자신이 예상하는 일이 실제로 일어나는 것)으로 이어진다.

자신의 삶에 튼튼한 발판이 없다고 느낄수록 당신은 더욱 큰 두려움과 공포에 사로잡힌다. 두려움이 커질수록 자신이 수렁에 빠졌다는 생각 또한 커진다. 상황을 나아지게 하려고 어떤 사람이나 물건, 상황을 찾아 헤맬수록 마법의 총알은 거기에 없는 듯 보이고 자신이 더욱 표류하는 느낌이 든다.

언젠가 내가 심각한 질병에 걸려서 병원에 입원했을 때, 의사들은 내 눈에서 황달 증세가 사라지면 집에 가도 좋다고 말했다. 날마다 상태가 나아지기를 바라면서 나는 좌절감에 빠졌다. 눈에서 노란색이 가시질 않아서 집에 갈 수가 없었기 때문이다.

지금 나는 당시에 내가 가진 문제가 무엇이었는지 알고 있다. 나는 내가 원하는 걸 갖고 있지 않다는 사실에 집중했던 것이다. 그 결과 나는 더 많이 좌절하고, 내 삶이 위태롭다는 생각에 더 깊이 빠졌다.

세상은 불친절한 곳이며, 특히 나에게는 그렇다.

자신의 삶에는 단단한 발판이 없다는 사실에 집중하기 때문에 당신은 세상이 불친절한 곳이라는 것을 곧바로 느끼게 된다. 모든 일들이 힘겹게 느껴진다. 어떤 것도 쉽게 오지 않는다. 다시 말해 엄청난 노력을 기울여야만 얻을 수가 있다. 오랜 시간

온갖 힘을 쏟지만 당신은 결국 자신이 그토록 원한 결과가—명성과 함께— 다른 사람에게 가는 것을 발견한다.

나는 그런 느낌을 잘 알고 있다. 나 또한 그런 환경에서 성장했고, 성인이 될 때까지 오랫동안 그런 느낌을 갖고 있었기 때문이다. 좋은 것들이 많이 있었음에도 불구하고, 나의 부모님은 당신들의 삶이 단단한 발판 위에 있지 않다고 굳게 믿으셨다. 부모님에겐 모든 일들이 엄청난 불안과 고민의 원천이었다. 처음 일을 시작하던 시절에 아버지는 동료가 자신의 생각을 도용해서 이득을 보았다고 주장하셨다. 그 뒤로 아버지는 진정으로 그 사람을 용서하지 않았고—그렇다고 그를 공격한 것도 아니었다— 여러 해 동안 자신의 힘든 처지와 그의 성공을 비교하면서 세상을 한탄하셨다. 우리가 사는 세상은 의심스럽고, 삶은 위기와 실망의 연속이며, 속담에도 있듯이 우리는 한 치 앞을 내다볼 수 없다는 것이 우리 가족의 변함없는 믿음이었다.

언젠가 신학교에서 특별히 시간을 내서 집을 방문했을 때 나는 어머니와 대화를 나누었다. 대화 도중에 어머니는 자신이 어디에도 속한 것 같지 않고, 친구도 없으며, 자신과 가깝게 지내려는 사람들에게 간섭도 받기 싫고, 아무도 자신을 이해하지 못한다고 말씀하셨다. 나는 슬픈 느낌이 들었다. 어머니와 아버지에게는 자부심을 가질 만한 것이 많이 있었고, 행복을 느낄 만한 이유도 많았기 때문이다. 그로부터 몇 년 후 어머니는 치명적인 암에 걸렸고, 아버지는 어머니 없이 어떻게 살아가야 할지 고민하면서, 왜 두 분이 그토록 바라던 행복한 은퇴 생활을 누릴 수 없는지 스스로에게 묻곤 하셨다.

시간이 흐르면서 나는 어머니와 아버지에 대해, 그리고 삶이 두 분에게 불친절하게 보이는 이유에 대해 많이 생각했다. 부모님과 같은 성향을 타고났지만 나는 종종 삶에 대한 두 분의 생각이 이해되지 않았다. 무엇보다 놀라운 것은 부모님이 자주 보여주는 부정적인 태도가 깊은 신앙심과 공존한다는 사실이었다. 어머니와 아버지는 주일 예배에 빠짐없이 참석하는 독실한 신자였고, 9일 동안 기도의식을 행하고 결혼생활 내내 날마다 묵주 신공을 드리는 독실한 가톨릭교도였다. 하지만 어쩐 일인지 두 분의 믿음은 자신들이 살고 있는 세계와 주변 사람들에 대한 호의적인 태도로 이어지지 않았다. 부모님은 신앙을 갖고 그것을 소중히 여겼지만, 삶이 다시 한 번 자신들을 쓰러뜨릴까 봐 두려워서 언제나 주변을 살피고 계셨다.

5 시련 속에서 나는 완전히 혼자다.

내가 신학교로 돌아가기 전날 나와 대화를 나누면서 어머니는 자신이 어디에도 속해 있지 않으며, 혼자 남겨져 있다는 믿음을 보여주셨다. 어머니는 결코 사람을 싫어하는 분이 아니었다. 사실 어머니는 사람들을 대접하기를 좋아하고, 실제로 그렇게 살았던 사교적이고 상냥한 분이었다. 하지만 세월이 갈수록 점점 고립되고 남들과 어울리는 일이 줄어들었다. 어머니와 아버지는 서로를 조건 없이 사랑하면서 가장 친한 동료처럼 살았다.

서글픈 일은 날이 아무리 바뀌어도 어머니가 하루 종일 보는 사람은 아버지뿐이었다는 것이다. 내가 집을 떠난 뒤에는 더욱 그랬다. 몇 차례의 이사를 통해 어머니는 친구란 있다가 없어지는 존재라고 생각하게 되었다. 삶이란 끊임없는 도전이라는 생각이 커져가면서 부모님은 '험한 세상에 도전하는 당신과 나'라는 믿음을 키워가셨다. 부모님과 친구가 되려는 사람들은 '너무 성가시고' '남의 일에 참견하는' 존재로 느껴졌다. 무너지는 삶 속에 홀로 서 있는 모든 사람들이 그렇듯이 어머니는 아무도 자신의 상황을 이해하거나 관심을 갖지 않을 거라고 믿었다.

아무리 노력해도 나는 영원히 수렁에서 빠져나오지 못할 운명이다.

수렁에 빠질 때 당신은 엄청난 두려움에서 결코 벗어날 수 없을 것이다. 삶과 사람들, 심지어 신으로부터 버림을 받았다는 생각이 더욱 자주 들 것이다. 이때 당신은 자신의 삶을 다르게 상상하기가 매우 어려워진다. 과거의 무게에서 벗어날 수 없을 것처럼 보이기 때문이다. 자신의 미래가 과거의 연장처럼 느껴지고, 나머지 생을 표류하고, 실패하고, 굴욕감을 느끼면서 보낼 것만 같다.

❧

삶 속에서 영원히 표류할 것이라고 생각하는 사람들은 이런 여섯 가지 믿음을 통해 스스로를 불쌍히 여기고 절대로 변하지 않을 것처럼 바라본다. 우리는 새로운 것을 시도하면서 내 배우자가, 이 약이, 이 프로그램이, 이 책이 수많은 시도와 실패의 사슬로부터 해방시켜주리라는 헛된 희망을 품는다.

우리가 수렁에 빠지는 사슬을 끊을 수 있다면, 그것은 어떤 상태에서 이루어질 수 있을까? 그때 우리는 앞에서 말한 여섯 가지 생각 대신에 어떤 믿음을 가질까? 아마도 우리는 이런 믿음을 가질 것이다.

발을 디딜 만한 단단한 땅이 없다고 생각할지라도 당신이 갈 수 있는 곳이 있다. 그것은 영혼이라고 불리는 곳이다.

얼마나 자주 시도하고 실패했든, 어디를 가고 무엇을 했든, 당신은 여전히 자신 안에 영혼, 다시 말해 삶의 원칙을 갖고 있다. 당신의 행동과 출신 지역, 당신에 대한 타인의 행동과 말이 당신의 전체 또는 본질은 아니다. 당신은 영혼 덕분에 자유롭게 생각하고, 자신의 지난 역사와 상관없이 자신을 볼 수 있다. 당신 자신과 타인이 당신에게 어떤 낙인을 찍었든 상관없이.

이 글을 쓰면서 나는 내 동료인 아베 클라크 수녀에 관한 신문기사 스크랩을 보고 있다. 누군가 우편으로 그 기사를 나에게 보내주었는데, 그것은 아베 수녀가 '사랑의 선교회'에서 생활하면서 보여준 용감하고 아름다운 사랑에 대한 가슴 아픈 이야기다. 성적인 학대를 받은 경험이 있는 아베 수녀는 날마다 우울증으로 고통 받고 있다. 하지만 어느 토요일, 나와 함께 예배를 준비하면서 그녀가 나에게 말했다.

"신은 저의 작은 상처를 다른 사람들을 돕는 데 쓰고 있어요."

실제로 이 조용한 여성은 밤낮을 가리지 않고 다양한 형태의 학대로 고통 받는 사람들과 대화를 나눈다. 그러면서 그들이 외로운 낮과 잠 못 이루는 밤에서 벗어나 부서진 삶의 고통 속에서 평화를 발견하도록 돕고 있다. 아베 수녀는 이미 오래전부터 자신에게는 상처를 넘어선 더 많은 것이 있다고 생각했다. 그리고 앞으로 신을 사랑하고, 다른 사람들도 신을 사랑하도록 돕는 일에 평생을 바치기로 결심했다.

당신의 외부에 있는 그 무엇도 수렁에 빠지는 고통을 없애지 못한다.

내면에서 느껴지는 구멍을 메우기 위해 어떤 사람이나 대상을 찾으려는 시도는 결국 실패하게 되어 있다. 한 가지든 여럿을 한데 모으든 그런 것들은 우리 안에 있는 무한한 열망을 채울 수 없기 때문이다. 오래전 내가 고등학교에 들어갔을 때, 밥 설리번 신부님은 우리에게 다음의 구절을 외우게 했다.

"우리가 행복을 찾는 것은 바로 신을 찾는 것이다."

최신 유행과 음악, 컴퓨터, 자동차, 화려한 쇼, 성적인 매력에서 아무리 만족을 찾으려고 해도, 우리는 언제나 결국 실망하게 된다. 프랑스의 실존주의 철학자 장 폴 사르트르는 인간 존재를 언제나 구멍을 채우려고 노력하는 존재로 묘사했다. 사르트르에 따르면, 우리는 자신의 자유에 만족하는 대신에 언제나 무언가를 소유하고, 무언가를 하고, 무언가가 됨으로써 자유를 제한하려 한다는 것이다.

인간의 삶은 한편으로는 자유로워지려는 것과 다른 한편으로는 무언가가 되려는 것 사이의 불합리한 줄다리기라고 사르트르는 생각했다. 그의 철학은 상당 부분 미완성인 채로 남아 있지만, 우리들 대다수가 어떻게 살고 있는지를 매우 정확하게 묘사하고 있다.

한편으로 우리는 자유를 원한다. 다른 한편으로 우리는 밖에 있는 것들로 자신을 채우려고 노력한다. 영적인 삶의 본질은 삶이 근본적으로 외적인 게임이 아니라 내적인 게임이라는 것을 깨닫는 것이다.

무엇보다 자신을 영적인 존재로 볼 때, 우리는 자신에게 가장 중요한 것이 영혼임을 깨닫는다. 영혼은 우리의 본질적인 모습을 포함하는 삶의 원칙이자 자발적인 움직임이다. 우리가 잉태되는 순간부터 영혼이 거기에 있었다는 걸 깨닫는다면 삶을 바라보는 우리의 방식은 영원히 변화한다. 우리의 육체는 왔다가 가고, 커지고 줄어들고, 움직이고 나이를 먹는다. 하지만 우리의 영혼은 언제나 거기 있으면서 육체에 생명을 주고, 방향을 안내하고, 통일성과 일관성을 준다. 이것을 깨달을 때 우리는 외부에 있는 사물에 먼저 집중하고 부차적으로—그 정도라도 관심을 보인다면— 우리의 영혼에 관심을 기울이는 것이 얼마나 어처구니없는 일인지 알 수 있다.

우리는 이런 저런 물건들, 부유함, 일들, 명예, 관계들을 쌓아 올리는 데 익숙해서 왜 그것들을 원하는지 잊어버린다. 반면에 열쇠는 내면을 들여다보는 것에 있다. 우리의 내면에 필요한 모든 것이 있고, 내면으로부터 모든 것들이 외부 세계에 드러난다.

내가 수렁에 빠져 있다고 느꼈을 때, 내가 진정으로 원하는 것을 알기까지는 내면에서 많은 작업이 필요했다. 그것은 치유와 명상, 많은 독서와 기도, 사색을 요구하는 일이었다. 외부적인 시선으로 보았을 때, 내가 뉴욕 대교구의 신부가 되고, 라디오 방송국에 들어가고, 책을 쓴 것이 운 좋게 일어난 일처럼 보일 것이다. 하지만 사실은 내가 그런 일들을 진지하게 받아들일 준비가 되었음을 내 영혼이 알았을 때, 기회가 찾아온 것이다. 내면이 첫 번째이고 외부적인 것은 다음이다. 그것이 영혼의 규칙이다.

우리가 영혼을 근본 원리로 삼고 가장 먼저 고려하기로 결심한다면, 우리의 삶에는 전에 없던 여유와 편안함이 생겨난다. 영적인 삶은 우리가 갖지 않은 것에 집중하는 대신에 영혼에 집중한다. 영혼은 바로 우리 안에 있는 신의 왕국이다. 영혼은 가능성의 영역이며, 우리의 현재와 미래를 만들어가는 우리가 가진 힘의 중심이다. 영혼은 알고, 사랑하고, 선택할 수 있는 능력을 갖고 있다. 어떤 장애와 상황에 직면하더라도 영혼은 우리가 생각하는 목표를 향해 흔들림 없이 나아가게 만든다. 그 과정에서 우리는 혼자서 머릿속으로 온갖 상상을 하는 대신에 내면의 안내를 믿고서 올바른 사람들과 장소, 일들로 이끌린다.

우리가 영적으로 살아갈 때, 세상은 더 이상 적대적이고 불친절하게 느껴지지 않는다.

우리는 더 이상 자신이 수렁에 빠졌다고 생각하지 않으며, 때로 우리에게 등을 돌리는 변덕스런 세상의 희생자라는 생각에서도 벗어난다. 영적인 삶은 우리로부터 빼앗아갈 수 없는 것에 집중하는 것이다. 그것은 우리가 가장 소중히 여기는 가치이며, 우리는 이미 그것을 풍부하게 갖고 있다.

물론 그런 삶 속에서도 외부적인 것들이 들어왔다 나가고, 비극적인 일들이 일어나고, 좋은 날과 나쁜 날들이 이어질 것이다. 우리는 여전히 고통과 상실감을 느낄 것이고, 슬픔의 눈물을 흘릴 것이다. 하지만 영혼을 가장 먼저 생각해야 한다는 것을 알 때 슬픔과 상실감은 보다 높은 영역으로 흡수될 것이다. 그 영역은 사물의 본질, 곧 우리로부터 빼앗아갈 수 없는 본질이 있는 곳이다.

1962년 6월의 어느 따뜻한 밤이었다. 얼마 전에 고등학교를 졸업한 탐은 자신의 자동차를 잭(차를 위로 밀어 올리는 기구 : 옮긴이)에 올려놓고 차 밑으로 들어가 수리를 하고 있었다. 그 순간 끔찍하게도 잭이 미끄러지면서 자동차가 아래로 떨어졌고, 탐의 머리를 바닥에 짓눌러버렸다. 그리하여 그는 뇌 손상을 입고, 한쪽 눈을 실명하고, 약간의 언어장애를 갖게 되었다.

인기 있고 잘생긴 한 남학생의 고등학교 시절이 완전히 달라진 것이다. 당시에 나는 탐을 잘 알지 못했다. 그는 나보다 한 학년 위였는데, 고등학교 2학년과 3학년은 동떨어진 세계에 있었기 때문이다. 신입생 때 나는 탐이 쓰던 교과서 몇 권을 산 적이 있었고, 그가 아르바이트하는 모습을 종종 보았다. 하지만 어쩐 일인지 사고가 난 뒤에 탐과 나는 친구가 되었다. 우리는 서로의 집으로 놀러 가고, 함께 음악을 듣고, 체스를 두고, 이야기를 나누었다. 나에게 〈웨스트사이드 스토리〉라는 음악을 소개해준 것도 톰이었다.

탐은 그날의 사고에 대해 매우 솔직하게 말했고, 그 일이 자신에게 어떤 제약을 주었음을 인정했다. 하지만 그가 자신의 신세를 한탄하거나 삶의 의지를 잃어버리는 모습은 본 적이 없었다. 대신에 그는 삶이 자신에게 주는 모든 것을 누리기로 결심했다. 탐을 본 지도 벌써 35년이 지났지만, 그에 대한 마지막 기억은 그가 산드라라는 이름의 젊은 여성에게 구혼하는 모습이었다. 그녀는 그렇듯 당당한 청년과 함께 살아갈 준비가 되어 있는 듯했다. 삶이 탐에게 뼈아픈 일격을 가했을 때, 그는 내면으로 들어가서 자신의 가장 소중한 가치를 발견하고 그것이 지신에게 있다는 것을 믿었다.

홀로 있다고 느낄 때 우리는 종종 자신이 특별한 존재이며, 세상에서 어떤 임무와 목적을 갖고 있음을 자각한다.

삶은 나의 어머니에게 많은 것을 주었고, 어머니 또한 세상에 많은 것을 주었다. 나는 어머니가 그것을 볼 수 없다는 사실이 언제나 안타까웠다. 세상을 떠나던 날 어머니는 그것을 불현듯 깨달으셨던 것 같다. 아버지가 공항으로 나를 마중 나와 어머니가 입원한 병실로 데려갔을 때, 어머니는 혼수상태에서 깨어나 아버지와 나를 가만히 바라보셨다. 그러고는 우리 두 사람을 차례로 부르며 말씀하셨다.

"다 이루어졌어."

그 순간 어머니가 삶에서 훌륭한 아내와 어머니의 역할을 한 것에 영적으로 만족했다고 나는 생각하고 싶다.

내가 집에 들렀을 때 어머니와 나누었던 가슴 아픈 대화를 떠올려보면, 자신이 외롭고 가치가 없다는 어머니의 생각은 열심히 살아가는 대다수 사람들의 정상적인 생각인지도 모른다. 우리가 지상에서 자신의 목적을 발견하고, 그것에 자기 삶을 바칠 때, 목적은 종종 그 매력을 잃어버린다. 때로 우리는 그 목적 대신에 자신이 할 수 있었던 다른 일들을 떠올린다. 어머니는 언제나 변호사가 되고 싶었고, 그런 기회를 갖지 못한 것을 애석해하셨다.

우리가 일에 에너지를 집중할 때, 다른 사람들이 아무리 우정 어린 손을 뻗어도 그들에게 쓸 에너지가 거의 없을 것이다. 그럼에도 우리는 우정 어린 관계들이 계속 유지되기를 바란다. 이렇게 날마다 자신에게 주어진 일을 해야 할 때, 우리는 스스로를 중요하지 않고 인정받지 못하는 존재로 느낄 수 있다.

쉬운 일은 아니지만, 깊은 곳으로 내려가서 영혼 자체에 기뻐하는 법을 배우는 것이 중요하다. 우리가 듣게 되는 절망의 목소리는 내면 깊은 곳에 있는 그 왕국을 발견하라고 초대하는 소리다. 내면의 왕국은 일상의 삶이 아무리 빛을 잃더라도 조금도 희미해지거나 색이 바래지 않는다.

우리가 무엇을 위해 여기 있는지를 일깨우기 위해 빛을 잃는 날들이 있음을 기억해야 한다. 그런 날들이 반드시 우리를 지금 있는 자리에서 상상의 낙원으로 도피하게 만들지는 않는다. 그 대신에 내면에 있는 즐거운 낙원으로 우리를 안내할 것이다.

수렁에 빠지는 느낌은 진실과 환상을 함께 가져다준다.

우리에게 가장 좋은 장소가 아니라면 아무리 좋아해도 우리는 그곳에서 멀어지게 된다. 이것은 진실이다. 하지만 우리가 다시 표류하고 있다고 느끼는 것은 환상이다. 혼란 속에서 우리는 목적을 가진 삶으로부터 점점 멀어지고 있다고 느낄지도 모른다. 하지만 실제로 우리는 그 상태가 전하는 메시지를 자각하기 위해 매순간을 관찰하면서(책을 읽고, 정신을 집중하고, 명상을 하면서) 자신에게 가장 보편적이고 소중한 가치에 다가가라는 요청을 받고 있는 것이다.

정직, 진리, 사랑, 아름다움, 선함, 자유, 봉사 등은 소중한 가치들이다. 영혼의 증명서다. 이런 가치들을 온 마음으로 받아들이고 그것으로 돌아가는 자신을 발견할 때, 우리는 스스로에 대한 진리를 발견한다. 우리는 자신의 생각처럼 아무렇게나 표류하고 있지 않다. 우리는 그 속에서 단 하나의 튼튼한 토대를 발견한다.

길을 잃은 상태를 한탄할수록 두 번째 영혼의 단계—삶의 수렁에 빠졌다는 느낌—는 당신이 오랫동안 갈망하던 첫 번째 희망의 빛으로 당신을 인도할 수 있다. 여러 해 동안 내 삶을 위해 기도하고, 용기를 북돋우는 책들을 읽은 뒤에도 나는 나 자신이 누구보다 심하게 길을 잃었을 뿐 아니라 수렁 속으로 끊임없이 빠져들고 있다고 생각했다. 그러던 어느 날 한 가지 물음이 마음속에 떠올랐다.

"그렇게 많이 기도하고 책을 읽었는데 난 왜 여전히 평화롭지 못할까?"

그 물음이 내 가슴 깊은 곳에 박혔다. 그때 내가 찾는 것이 영혼의 평화라는 걸 알지 못했기 때문에 그것을 얻지 못했다는 것을 깨달았다. 지난날 나는 어떤 사람, 전환점, 일, 행운, 생각을 찾고 있다고 생각했다. 하지만 내가 정작 찾고 있던 것은 평화였다. 이제 나는 앞으로 나아갈 수 있는 토대를 갖게 되었다.

나는 나 자신이 더 이상 길을 잃은 영혼이 아니며, 내가 찾는 것은 밖이 아니라 안에 있다는 것을 깨달았다. 터널 끝에서 빛을 발견한 날, 나는 수렁에 빠지는 일을 멈추었다. 그리고 영혼의 두 번째 단계를 끝마쳤다.

"자신이 살아가는 이유를 아는 사람은 어떤 삶의 방식도 참아낼 수 있다."

— 빅터 프랭클(정신의학자)

STAGE 3

자비심을 느끼다

다른 사람의 생각과 행동을 이해하기 시작할 때 우리의 내면에서는 놀라운 변화가 일어난다. 더 이상 다른 사람들의 성격과 행동 때문에 낙심하지 않는다. 우리는 자기 자신이 된다. 우리의 행복은 더 이상 다른 사람의 행동에 달려 있지 않다.

자신의 진정한 소망이 평화라는 걸 깨닫는 순간 당신은 삶을 선명하게 바라본다. 당신은 자신이 표류하고 있다는 죄의식을 더 이상 느끼지 않는다. 당신이 원하는 것은 어떤 지위나, 물건, 금덩어리가 아니다. 그것은 당신 내면에 있는 친근하고 깊은 어떤 것이다.

흥미로운 사실은 내면으로 들어갈 때 자신이 더욱 고립될 거라고 생각하기 쉽지만 사실은 그렇지 않다는 것이다. 이상하게도 내면으로 향할 때 당신은 자신뿐 아니라 모든 사람들의 경험의 중심으로 안내된다. 당신은 평화를 찾는 사람이 자신만이 아니라는 것을 발견하기 시작한다. 모든 사람이 평화를 찾고 있는 것이다.

그것은 놀라운 깨달음이지만, 간혹 진실이 아닌 것처럼 보일지도 모른다. 우리는 세상에서 평화와 정확히 반대되는 것을 원하는 듯한 사람들을 많이 볼 수 있다. 그들은 다름 아닌 당신의 직장 동료나 가족, 국가의 지도자들이다. 실제로 그들은 분쟁을 추구하는 듯 보인다. 학자들은 세계의 분쟁지역에 대해 언급하면서 정전과 휴전협정이 얼마나 헛된 것인지 되풀이해서 말해왔다. 심지어 어떤 사람들은 평화로운 시절보다 전쟁이 일어날 때 더욱 편안함을 느끼는 듯하다.

그런데 어떻게 나는 모든 사람들이 평화를 원한다고 말할 수 있을까?

그 대답은 목적 및 그것을 이루어주는 수단과 관련이 있다. 사람들이 자신이 원하는 것을 얻는 최선의 방법을 언제나 아는 것은 아니다. 몇 년 전 어떤 사람들에게 배신을 당했을 때 내가 느낀 첫 번째 충동은 복수였다. 그들에게 앙갚음을 하면 기분이 좋아질 거라고 생각했다. 지금은 당시에 내가 그런 충동에 굴복하지 않은 것을 다행스럽게 생각한다. 왜냐하면 그 방법은 내가 원하는 평화를 결코 가져다줄 수 없기 때문이다.

처음에 나는 사람들이 삶에서 흔히 저지르는 실수를 했다. 목적을 달성할 수 있는 올바른 수단을 잘못 파악했다. 다시 말해 내가 원하는 평화로 인도해줄 듯 보이는—사실은 그렇지 않은—수단(복수)을 선택하고 싶은 유혹을 느꼈다.

종종 사람들은 삶의 목적이 행복에 있다고 말한다. 나는 그 말에 동의하지 않으며, 그것이 단순히 의미론의 문제를 넘어서 있다고 생각한다. 평화와 행복은 똑같은 것이 아니다. 사실 사람은 엄청난 불행 속에서도 평화로울 수 있다. 지금 나는 나의 친구 마일드레드를 떠올리고 있다. 그녀는 세 차례나 치명적인 암을 물리쳤던 아름다운 영혼을 가진 여성이다.

그것은 이야기책에 나오는 그런 이야기가 아니다. 그녀의 이야기 속에는 여러 차례의 수술과 화학요법, 혼수상태, 믿을 수 없는 고통, 수많은 합병증이 포함되어 있다. 그중에서도 가장 놀라운 부분은 그 모든 과정 속에서도 마일드레드가 깊고 지속적인 평화를 보여주었다는 것이다. 처음 암 선고를 받았을 때, 의사는 그녀에게 매우 사무적인 태도로 그 소식을 알려주었다. 그녀는 그때의 일을 이렇게 말했다.

"내가 첫 번째로 한 일은 의사를 병실에서 내쫓은 거였어요. 의사가 나간 뒤에 저는 머리를 베개에 묻고 이렇게 기도했어요. '하나님, 저를 이렇게 강인한 여자로 만들어주셔서 고맙습니다.' 그러곤 베개를 베고 잠이 들었어요."

마일드레드의 내면의 평화는 그녀가 암과 세 차례나 싸워 이겼다는 것을 증명하고 있다. 그동안 그녀는 내면의 평화를 유지했을 뿐 아니라 성당이나 다른 자선단체에서 활동하면서 다른 사람들 또한 평화를 느낄 수 있도록 도와주었다. 그녀는 자신의 평화를 지키고, 그것을 다른 사람들에게 나누어준다. 그녀의 삶의 목적은 행복을 찾는 게 아니라 평화를 찾고 나눠주는 것이었다.

자신이 평화를 찾고 있다는 걸 깨달을 때(평화는 우리들 모두가 찾고 있는 것이다) 그 깨달음은 당신의 삶을 송두리째 바꿔놓을 수 있다. 마일드레드처럼 건강을 잃었을 때조차도 우리는 평화를 찾고 있다. 우리의 삶에서 중요한 관계들이 엉망이 되었을 때에도 마찬가지다.

패트릭이라는 이름의 젊은 사업가가 내가 쓴 책 『나쁜 날들을 위한 좋은 소식』을 읽고 나서 어느 날 아침 나에게 전화를 걸었다. 결혼생활이 10년째로 접어들었을 때 그는 아내가 다른 남자를 만나고 있다는 것을 알아차렸다. 그는 내 책에서 결혼생활의 회복에 대한 내용을 읽고 나서 그 자리에서 나에게 연락을 해보기로 결심했다.

여러 차례의 시도 끝에 마침내 나와 통화가 이루어졌을 때, 그는 울먹이는 목소리로 자신의 상황에 대해 설명했다. 무엇보다도 그는 자기 자신과 어린 아들을 위해 결혼생활이 정상으로 돌아가길 원했다. 그는 아내에게 집에서 나가라고 말했는데, 그의 아내 또한 그와 같은 느낌을 갖고 있었는지는 분명치 않았다. 물론 두 사람은 날마다 대화를 나누었다고 한다. 불륜을 저지른 아내에게 분노를 터뜨리면서 그는 그것이 정당한 분노이지만 자신이 진정으로 원하는 일은 아니라는 생각이 들기 시작했다. 내가 그에게 물었다.

"당신이 원하는 게 무엇입니까?"

그가 즉시 대답했다.

"저는 과거의 결혼생활로 돌아가길 원합니다."

"왜 그걸 원하는 거죠?"

"제 자신과 아들을 위해 집안이 평화롭길 바라기 때문입니다. 아내가 돌아오기만 하면 우린 평화로울 수 있을 겁니다."

"그렇다면 하나 물어보겠습니다, 패트릭 씨. 당신의 아내는 평화가 없는 집에 돌아오려고 할까요? 당신의 아내 역시 평화를 찾고 있을 겁니다. 그래서 그런 불륜을 저질렀을지도 모릅니다. 당신이 평화로울 때까지 당신의 아내는 돌아올 이유가 없을 겁니다. 당신의 아내가 돌아올지 안 돌아올지 그 누가 알겠습니까? 하지만 당신이 결혼생활을 파멸에서 구하기를 원한다면, 당신 자신이 평화로워야 합니다. 무슨 일이 일어나든, 즉 아내가 돌아오든 안 돌아오든 상관없이 말입니다."

그런 다음에 나는 둘이서 함께 그의 자아를 탐구하고, 가치관을 알아보고, 행동을 관찰하면서, 자신들을 올바른 방향으로 인도해달라고 신에게 기도해보라고 말했다. 또한 그가 결혼생활을 회복하려고 하면서 아내를 변화시키려고 하거나 특히 복수를 하려고 해서는 안 된다고 말했다. 그가 해야 할 일은 신의 도움을 받아 스스로를 바라보는 일이 되어야 했다.

패트릭은 숨을 죽이며 듣고 있었다. 처음으로 그는 자신과 아내가 같은 것을 원할 수도 있음을 깨달은 것이다. 그것은 바로 평화였다. 아내에게 화가 나고 배신감을 느끼는 만큼 그는 아내에게 자비심을 느꼈다. 또한 그들의 결혼이 파멸에 이른 원인이 전적으로 아내에게만 있지 않을 거라는 생각이 들기 시작했다. 그는 무엇이 아내에게 평화를 줄 수 있는지, 아내가 어떻게 평화를 찾을 수 있는지 전혀 알지 못했다. 그가 오직 알고 있었던 것은 자신의 가슴과 영혼, 그리고 평화에 대한 자신의 소망뿐이었다. 그는 오직 그것에 집중하고 있었을 뿐이다.

대부분의 사람들처럼 그는 자기 문제에 대해 타인을 비난하면서 시간을 흘려보냈다. 물론 남들이 아니라 자신만 비난했더라도 문제는 풀리지 않았을 것이다. 패트릭은 자기 자신이 원하는 것, 곧 내면의 평화를 아내 또한 원할지도 모른다는 것을 처음으로 깨달으면서 아내를 새롭게 이해하기 시작했다. 여전히 가슴이 아프고 배신감을 느꼈지만 그는 자비심과 이해를 갖고서 아내를 바라볼 수 있었다.

그는 또한 평화를 얻으려면 어떻게 해야 하는지 아내에게 말하는 것보다 자기 자신이 내면의 평화를 이루는 데 초점을 맞춰야 한다는 걸 알았다. 만일 그들이 재결합한다면, 그것은 두 영혼 모두의 자유로운 선택에 의한 것이어야 했다.

패트릭이 알아야 할 게 또 하나 있었다. 그는 지금까지 일어난 일을 통해 그것을 어느 정도 알아차리고 있었지만 이제 정면으로 마주볼 때가 되었다. 즉, 그가 찾고 있는 평화는 깊고 지속적인 평화이지 순간적인 평화가 아니라는 것이었다. 지금까지 패트릭은 평화가 타협과 적절한 대응, 다른 사람들의 협조, 심지어 어느 정도 행운의 산물이라고 생각했다. 그러나 이제 그는 이들 중의 무엇도 자신이 원하는 것을 가져다주지 못한다는 걸 이해해야 했다. 사실 그런 식의 행동은 오히려 그가 원하지 않는 것을 가져다주었다.

우리도 마찬가지지만, 패트릭은 좋은 날과 나쁜 날, 성공과 실패, 타인의 결정, 그리고 행운의 여신의 미소를 넘어선 평화의 관점에서 생각할 필요가 있었다. 지금 그는 가슴 깊이 자비심을 느끼기 때문에 아내가 좋은 사람이라는 걸 볼 수 있다. 비록 아내가 실수를 하고 잘못을 저질렀지만 말이다.

자비심을 느끼는 영혼의 단계에서 패트릭은 그것을 이해하고, 깊고 지속적인 사랑과 평화는 다름 아닌 자비심의 결과라는 것을 깨닫고 있다. 이것은 억지로 만들어지는 게 아니라 깨닫고 경험해야만 하는 것이다. 사실 내면의 평화만이 삶의 외부적인 측면들을 안내하고 지배한다.

아내의 불륜을 처음 알았을 때 패트릭은 이성을 잃었을 뿐 아니라 하나의 인간과 남편, 부모로서 자기 삶의 모든 것이 무너져 내리는 것을 느꼈다. 수렁에 빠진 사람들이 흔히 그렇듯이 그는 타인을 비난하고, 자신의 삶을 회복하기 위해 계속해서 밖을 바라보았다. 자신이 진정으로 원하는 것(평화)은 누군가가 줄 수 있는 게 아님을 알았을 때 그는 아내도 자신과 똑같은 것을 찾고 있음을 깨닫기 시작했다. 그런 깨달음 속에서 그는 아내의 행동을 더 잘 이해하고, 아내에게 자비심을 가질 수 있었었다.

이처럼 자비심을 느끼면서 패트릭은 새로운 믿음들을 갖게 되었다. 그것은 영적으로 좀더 깊어지려는 사람이라면 누구든 생각할 필요가 있는 믿음들이다.

1. 당신이 삶에서 무엇을 원하든 내면의 평화는 그 중심에 있다.
2. 당신은 혼자가 아니다. 내면의 평화는 우리 모두가 진정으로 원하는 것이다. 사람들이 그것을 다른 이름으로 부를지라도.
3. 자비심은 이해를 낳고, 이해는 다시 용서를 불러온다.
4. 자비심은 영혼의 항독소다.
5. 자비심은 내면의 안내를 받을 수 있도록 문을 열어준다.
6. 자비심은 '무슨 일이 있더라도'라는 말의 의미를 당신에게 가르쳐준다.

당신이 삶에서 무엇을 원하든 내면의 평화는 그 중심에 있다.

이것을 배우기까지는 어느 정도 시간이 걸린다. 우리의 일상적인 경험이 삶의 유일한 차원이 아니라는 걸 깨닫는 데 시간이 걸리는 것과 같다. 성경에는 삶에 대한 걱정 때문에 지쳐버린 마르다(마리아의 언니 : 옮긴이)에 관한 이야기가 나온다. 그 여성처럼 우리는 많은 일들 때문에 마음이 어지러워진다.

그 이야기 속에서 예수님이 마르다에게 "오직 한 가지만으로 족하니라"라고 말한 것은 약간 이상하게 들린다. 하지만 그것은 사실이다. 우리가 원하는 모든 것 뒤에는 마음과 영혼의 평화를 얻으려는 소망이 놓여 있다. 우리는 우리가 원하는 것들이 그런 평화를 가져다줄 것이라고 믿는다.

우리가 찾는 평화가 이미 우리 영혼 깊은 곳에 있다는 사실을 깨닫기까지는 상당한 시간이 필요하다. 우리는 단지 평화에 접하면서 그것을 경험하지 못하게 막는 일들을 안 하면 된다. 자신의 결혼생활을 치유하는 여행을 시작했을 때, 패트릭은 아내가 자신의 잘못을 깨닫고 돌아올 때에만 평화를 얻을 수 있다고 생각했다. 하지만 그는 내면의 행복이 아내의 어떤 행동에 달려 있지 않다는 것을 깨달았다. 내면의 행복은 오직 그가 기꺼이 자기 내면을 들여다보고, 이미 그곳에 있는 영성을 키우는 것에 달려 있었다.

대부분의 사람들은 패트릭과 비슷한 실수를 저지른다. 우리는 여러 가지 이유로 그렇게 한다. 그중 한 가지는 우리가 평화를 소극적으로 정의하는 경향이 있기 때문이다. 즉 단지 분쟁이 없는 상태를 평화라고 생각하는 것이다. 진실을 말하면, 우리는 끔찍한 분쟁의 한가운데서도 깊고 지속적인 평화를 얻을 수 있다.

아시시의 성 프란체스코는 평화의 기도에서 특별히 증오, 의심, 상처, 좌절, 슬픔, 어둠 속에서 우리를 평화의 도구로 써달라고 기도한다. 그처럼 어려운 상황을 없애달라고 부탁하지 않는다. 대신에 우리가 그런 어려움에 직면할 때 평화를 누리게 해달라고 기도한다. 일반적인 믿음과는 반대로 평화는 반드시 분쟁이 없는 것을 의미하지 않는다. 평화는 말할 수 없이 심각한 고통과 싸움이 있는 상황에서 자신의 숭고함을 경험하고 유지할 때 얻을 수 있는 영혼의 상태다.

우리가 평화에 대해 혼란을 느끼는 또 다른 이유는 패트릭처럼 평화로운 상태가 다른 누군가의 행동에 달려 있다고 생각하기 때문이다. 기억해야 할 것은 잉태되는 순간 우리는 영혼을 갖는다는 사실이다. 그때부터 영혼은 당신의 것이고, 언제나 당신 것으로 남아 있다. 영혼으로 살기 위해 자신의 행동을 바꿀 필요는 없다. 영혼을 기꺼이 인정하고, 영혼의 영원한 성격들을 따르며 살면 되는 것이다. 패트릭은 아내의 변화를 기대하는 대신에 스스로 책임지려는 태도를 가지면서 진정으로 결혼생활에 도움이 되는 일을 할 수 있었다.

당신은 혼자가 아니다. 내면의 평화는 우리 모두가 진정으로 원하는 것이다. 사람들이 그것을 다른 이름으로 부를지라도.

약간의 자극이 필요하긴 했지만, 패트릭은 결국 아내가 어떤 이유가 있어서 불륜을 저질렀다고 생각하기 시작했다. 아내는 다른 누군가를 통해서 평화를 발견할 수 있으리라고 생각했다. 그 남자가 자기 영혼의 빈 곳을 채워주고 행복하게 해줄 것처럼 보였다. 예전에 그녀는 남편이 그렇게 해주리라고 생각했지만, 그는 기대에 어긋나게 행동했다. 혹은 아내의 눈에 그렇게 보였을 것이다.

아내는 매력적이고 자신을 만족스럽게 사랑해줄 것처럼 보이는 다른 남자를 만났다. 패트릭은 배신감을 느꼈지만, 결국 두 사람 모두 똑같이 행동했다는 것을 이해했다. 그것을 깨닫자 그는 왜 아내가 자신을 떠났는지 이해할 수 있었다. 아내 또한 배신감을 느낀 것이었다. 그는 더욱 자유로워졌고, 아내에게 집중하는 것을 중단하고 자신의 내면에서 평화를 발견하는 일에 초점을 맞추기 시작했다.

자비심은 이해를 낳고, 이해는 다시 용서를 불러온다.

평화를 경험하지 못하게 하는 내면의 장애물에 부딪혔을 때 패트릭은 자신의 고통과 더불어 아내의 고통을 서서히 이해하기 시작했다. 그의 마음속에는 여전히 상처와 분노, 비난이 가득 차 있었다. 하지만 이제 그는 자신이 아내를 생각하는 것과 아내가 자신을 생각하는 것이 비슷함을 알 수 있었다. 그는 자신의 태도와 행동이 아내에게 상처를 주고 아내를 화나게 했다는 걸 깨달았다. 또한 자신들의 결혼생활에 어떤 희망이 보이려면 그런 상황을 바꿔야 한다는 것도 알 수 있었다.

흥미로운 것은 그런 깨달음과 함께 패트릭이 자신이 배운 것들을 아내와 나누려고 했다는 것이다. 그는 내가 쓴 『나쁜 날들을 위한 좋은 소식』 한 권을 아내에게 주었다. 아내가 그렇게 변화하라는 것이 아니라 그가 거쳐 가는 과정을 이해하라고 준 것이었다. 내가 이 글을 쓰는 동안에도 두 사람은 놀랄 만큼 많이 의사소통을 하면서 다시 화해할 수 있을 정도로 대화를 나누고 있다. 문제는 여전히 해결되지 않았지만 적어도 패트릭이 새로 발견한 자비심은 서로를 이해하고 용서할 수 있는 문을 열어놓았다.

자비심은 영혼의 항독소다.

이것은 부두 노동자이자 철학자인 에릭 호퍼의 말이

다. 호퍼의 말은 이 단계의 영적인 삶에서 나타나는 또 다른 측면을 강조하고 있다. 내면의 평화가 당신의 목표이며 모든 사람의 목표라는 것을 알게 되면, 당신은 평화를 경험하지 못하게 하는 태도와 행동을 놓아버릴 수 있다.

호퍼는 '항독소'라는 단어를 사용했는데, 그것은 우리의 태도에 해로운 독성이 있을 수 있음을 암시한다. 일반적으로 독은 외부로부터 들어와서 우리의 생명을 빼앗을 수도 있는 물질이다. 우리는 생각과 느낌이 영혼의 생명을 죽이는 독이 될 수도 있다는 사실을 깊이 생각하지 않는다.

성경에 나오는 아담과 이브의 타락에 관한 이야기는 우리의 태도가 어떻게 우리 자신과 세상을 파멸시킬 수 있는지에 대해 교훈을 준다. 에덴동산의 평화와 행복은 인류 최초의 부모의 머릿속에 생각 하나가 떠오르는 순간 산산이 부서졌다. 그것은 '나도 신이 될 수 있다'는 생각이었다.

그 생각을 떠올리기 전에 아담과 이브는 신과 행복한 관계를 유지하면서 산책을 했었다. 신은 그들과 함께 있었고, 그들의 모든 발걸음마다 신이 함께했다. 하지만 자신들도 신이 될 수 있고, 모든 걸 통제할 수 있다는 것에 생각이 미치자 그들은 우쭐해하면서 기뻐서 어쩔 줄을 몰랐다. 신이 된다는 것이 정말 좋아 보였고, 그래서 그들은 그렇게 되기로 결심했다.

삶의 많은 것들이 그러하듯이 당시에는 그것이 좋은 생각처럼 느껴졌다. 신과 동등하게 된다는 생각에 사로잡힌 아담과 이브는 자신이 세상의 꼭대기에 있다고 생각했다. 곧 그들은 지난날 자신들의 지평선을 넓히는 대신에 그것을 막고 있었다고 생각했다. 예전에 두 사람과 신과 자연은 언제나 조화를 이루고 있었지만, 이제 그 관계에 틈이 벌어지기 시작했다. 신과 자연과 하나가 되는 대신에 아담과 이브는 그 힘들을 진정시켜야 하는 입장이 되었다. 그리하여 자연의 힘들을 신으로 여기게 되었다.

신은 두 사람을 못마땅하게 여겼고, 자연의 힘들(태양과 달, 지구)은 종종 그들에게 해로운 일을 했다. 한때 세상은 우호적인 곳이었다. 하지만 그들은 더 이상 세상을 우호적으로 생각할 수 없었다.

낙원에서 살 때, 그들은 '난 할 수 없어.'라고 하거나 '난 이걸 원해.'라는 말을 할 필요가 없었다. 신이 그들 곁에 있었고, 모든 것이 풍족했으며, 그들은 필요한 걸 얻을 수 있는 자신들의 능력을 의심치 않았다. 이제 그들은 이마에 비지땀을 흘리면서 빵을 얻어야 했다.(게다가 자연이 그들에게 은혜를 베풀어야 했다.) 우리의 최초의 부모는 자신들의 힘에 한계가 있으며, 노동이 매우 힘들다는 것을 발견했다. 또한 모든 것이 언제나 충분한 것은 아니며, 이제 이웃들이 그들이 가진 것을 원한다는 사실을 발견했다.

처음으로 아담과 이브는 자신들이 가진 것을 지키기 위해서 (그들의 말 그대로) 거짓말하고, 속이고, 훔치고, 필요하면 살인까지 '해야 한다'는 것을 발견했다. 슬픔 또한 곳곳에 있었다. 참담하게도 아담과 이브는 아들 중 하나가 시기심 때문에 죽인 다른 아들을 땅에 묻는 비극을 겪어야 했다.

'신으로 존재하는 것'—우주 전체를 책임지는 것—은 생각만큼 멋진 일이 아니었다. 그 한 가지 생각 때문에 우리가 '원죄'라고 부르는 태도가 생겨났다. 불행히도 오늘날 우리 세계에는 이런 태도들이 만연해 있다. 그것은 여전히 우리가 신이 될 수 있고, 세상을 관리하면서 아무에게도 의존하지 않아도 된다는 근본적으로 잘못된 생각에서 비롯된 태도다. 그 한 가지 생각이 세대에서 세대로 이어지면서 인류 역사 속에서 어떤 생각이나 느낌보다 세상의 도덕성에 심각한 해를 끼쳤다.

우리가 신이고, 아무에게도 의존하지 않아도 된다는 태도를 바로잡아주는 해독제는 자비심이다. 호퍼의 말이 옳았다. '자비심'(compassion)이라는 단어는 '함께 고통 받다'라는 뜻의 라틴어 어원을 갖고 있다. 사실 자비심은 죄악과도 같은 지나친 무관심의 정반대에 있다. 자비심을 느끼는 사람들은 다른 사람들을 가까이 느끼고 이해한다. 그들은 누군가의 결정이나 행동 방식에 강력하게 반대할지도 모른다. 하지만 자비심을 가진 사람들은 누군가의 행동이 잘못되고, 비합리적이고, 사악할지라도 그가 간절히 내면의 평화를 찾고 있다는 것을 이해한다. 그들은 그 사람에게 복수하거나 그의 곁에서 '도망칠' 필요가 없다. 왜냐하면 다른 누군가의 행동에 의해 자신이 위협받을 이유가 없다고 생각하기 때문이다. 여기에서 죄의 '논리'는 적용되지 않는다.

언젠가 나와 함께 오랫동안 일했던 사람이 갑자기 일을 그만두겠다고 선언하더니, 내가 자신에게 충분히 감사하지 않았다고 불만을 털어놓았다. 말하기가 창피하지만, 예전의 나라면 그런 상황에서 장황한 말로 나 자신을 방어하면서 상대방의 비난을 거칠게 맞받아쳤을 것이다. 하지만 나는 그의 비난이 정당하지 않다는 것을 마음속으로 말하는 것에 만족했다.

혹시 나의 말이나 행동이 그에게 상처가 되었다면 미안한 일이었지만, 나는 불평의 이면에서 그가 비난의 대상을 찾고 있음을 깨달았다. 그래서 나는 그의 태도를 존중하고 그가 잘 되기를 바랐다. 내가 과거와 다르게 반응했던 이유는 나에게 자비심이 있었기 때문이다.

나는 그가 일을 그만둔 표면적인 이유 뒤에 감춰진 것을 보았다. 그의 영혼의 진정한 소망은 다른 어떤 일을 하는 것이었다. 이런 생각은 내가 방어적인 자세를 취하지 않도록 도와주었고, 그래서 나는 자비심과 이해를 갖고 상황에 접근할 수 있었다. 그렇게 나는 독성이 퍼질 수 있는 상황에서 독을 없앴다.

패트릭도 마찬가지다. 자기 곁을 떠나서 다른 남자에게 간 아내의 행동을 지극히 혐오했지만, 그는 아내가 자신의 방식으로 평화를 찾고 있다는 것을 이해했다. 그리고 자비와 이해 속에서 아내와의 관계를 바라볼 수 있었다. 앞으로 어떤 결과가 나타나든, 패트릭의 자비심은 그 상황에서 독성을 줄이고 더 많은 평화를 만들어냈다.

자비심은 내면의 안내를 받을 수 있도록 문을 열어준다.

우리의 사고방식에 널리 퍼져 있는 독성은 영혼으로 가는 문을 닫아버린다. 우리가 독성으로 가득 차 있을 때 우리의 가슴과 마음은 상황이 얼마나 좋지 않은지를 생각하는 일에 귀중한 시간과 에너지를 쏟는다.

다른 사람의 생각과 행동을 이해하기 시작할 때(물론 그것에 반드시 동의할 필요는 없다) 우리의 내면에서는 놀라운 변화가 일어난다. 갑자기 우리의 판단과 분노, 원한 너머에 무언가가 있음이 분명해진다. 더 이상 다른 사람들의 성격과 행동 때문에 낙심하지 않는다. 우리는 자기 자신이 된다. 우리의 행복은 더 이상 다른 사람의 행동에 달려 있지 않다. 또한 우리가 그들의 생각에 동의하는지의 여부도 상관없다.

우리는 그 모든 생각으로부터 자유롭고, 특히 누군가를 변화시킬 필요성을 느끼지 않는다. 우리는 내면 어딘가로부터 평화를 향한 충동을 자각하고, 그 충동이 언제나 우리를 안내해주리라는 것을 알고 있다.

패트릭은 아내를 비난하고 싶었을 때, 특히 아내를 변화시키고 싶은 마음이 들었을 때, 평화를 얻는 일이 아내의 행동에 달려 있지 않다는 것을 상기할 수 있었다. 그는 독성을 가진 생각에 굴복하는 한 자신이 진정으로 원하는 평화로부터 점점 멀어질 뿐이라는 것을 깨달았다.

여기서 명심할 것은 영적인 의미의 자비심을 말한다고 해서 그것에 객관적인 도덕 질서가 없다는 뜻은 아니라는 점이다. 사실 영적인 자비심은 도덕이 다음과 같은 황금률에 바탕을 두고 있다고 말한다.

"남들이 자신에게 해주길 바라는 대로 남들에게 하라."

황금률은 우리가 사람을 대할 때 옳고 그름을 알려주는 객관적인 기준이 되고, 도덕성을 판단하게 해주는 나침반이다. 뿐만 아니라 당신은 황금률을 통해서 누군가를 옳거나 그르다고 생각할 수 있는 충분한 권리가 있다. 그것은 또한 남들이 당신을 위해 해주길 바라는 일 중의 하나일 것이다. 자비심과 상호존중은 황금률의 연료가 되고, 황금률은 다시 객관적인 도덕 질서에 힘을 실어준다.

멋있게 들릴지 모르지만 자비의 길은 매우 힘든 길이다. 예수님은 자신을 따르는 자들에게 "좁은 길을 걸어가라"고 충고했다. 자비심은 분명히 좁은 길이 뜻하는 하나의 모습이다. 사람들은 어떻게 해서라도 자기 주장을 관철시키려고 하지만, 자비심은 종종 자기 억제와 타인에 대한 존중을 요구한다.

여기서 도덕적 나침반을 적용해보자. 다른 사람에게 분노와 부정적인 감정을 터뜨릴 때 당신은 정말로 기분이 좋은가? 분노를 폭발시키지 않고, 복수심에 굴복하지 않으려면 종종 신중함과 인내의 힘을 발휘할 필요가 있다. 자비심은 당신에게 분노를 밖으로 드러내지 않는 몇 안 되는 사람이 되라고 요구한다.

자비심을 갖는다고 해서 정당하게 지적할 만한 문제를 가진 사람에게 솔직하게 말할 수 없는 것은 아니다. 말해야 할 때 입을 닫고 있는 것은 때로 미덕이 아니다. 자비심을 느끼며 침착하게 비판하는 것은 종종 분노를 터뜨리는 것보다 핵심을 깨닫는 데 더욱 도움이 된다.

여기서 명심할 것이 하나 있다. 영적인 자비심을 가지려면 '옳은' 것에 대해 지나치게 걱정하지 말아야 한다는 것이다. 진실을 말하는 것보다 옳은 주장을 펴는 일에 더욱 관심을 가진 사람들이 있다. 대부분의 논쟁은 양쪽의 주장 모두에 옳은 것과 잘못된 것이 섞여 있다. 아마도 서로의 잘못을 따지는 일을 그만둔다면 더 많은 부부들이 구원받을 수 있을 것이다.

우리는 매우 옳은 주장을 하는 동안에도 매우 잘못된 견해를 가질 수 있다. 만일 패트릭이 불륜을 저질렀다고 아내를 공공연히 비난한다면, 자신의 입장에선 간음하지 말라는 십계명을 지키는 것이 되겠지만 그것은 영적인 자비심이 요구하는 것이 아니다. 그보다 바람직한 것은 이렇게 말하는 것이다.

"여기엔 틀림없이 옳은 것과 잘못된 것이 섞여 있소. 그것을 발견하기 위해 함께 노력해봅시다."

이런 일이 일어날 때, 우리 영혼의 깊은 곳에서 아름다움이 밖으로 드러날 것이다. 그리고 그 아름다움은 전염성이 있다. 한때 증오의 감정이 분위기를 무겁게 했더라도, 곧 자비심과 상호존중의 마음이 대기를 채울 것이다. 제인 오스틴은 비슷한 맥락에서 셰익스피어에 대한 우리의 지식에 대해 이렇게 말했다.

"어떻게 알게 되었든지 셰익스피어는 모두에게 익숙한 사람이다…… 셰익스피어의 생각과 아름다움은 너무 널리 퍼져 있어서 사람들은 어디서나 그것을 접할 수 있다. 그리하여 우리는 본능적으로 그에게 친밀감을 느낀다."

본능적인 친밀감은 영적인 자비심의 열매다. 영적인 자비심을 가질 때 주변에는 아름다움과 평화가 가득 찬다. 영적인 자비심을 알아차릴 때 우리는 본능적으로 그것에 친밀감을 느끼게 되고, 사람들에게 더 많은 자비심을 느끼는 법을 배운다. 그리고 자비심과 그 열매에 마음이 이끌려 우리는 그렇게 멋진 결과를 가져오는 결정을 하고 싶어진다.

처음 내가 라디오 DJ로 일할 때, 제럴드 젬폴스키와 다이앤 시린시온을 인터뷰한 적이 있었다. 이들은 책과 토론회, 자선 사업을 통해 전 세계의 수백만 명의 사람들, 특히 아이들에게 새로운 삶과 사랑을 가져다준 아름답고 선한 사람들이다. 대화를 나누던 중에 제럴드와 다이앤은 내 삶을 변화시킨 다음과 같은 한마디를 선물로 주었다.

"저는 그것 대신에 평화를 가질 수 있어요."

자비심이 없어서 우리의 깊은 곳이 어두워질 위험이 있을 때 이 구절을 기억한다면, 우리는 그것 대신에 이해와 사랑이 넘치는 내면의 원천을 두드려야 한다는 걸 상기할 수 있다. 우리가 진정으로 원하는 것이 평화라는 것을 기억할 때, 우리의 주변은 자비와 이해로 가득 찬다. 당신은 그것이 자신이 진정으로 원하는 것처럼 느껴질 것이다! 이제 우리는 앞으로 가야 할 방향에 대해 더 많이 알고 있다.

자비심은 '무슨 일이 있더라도'라는 말의 의미를 당신에게 가르쳐준다.

우리가 영혼 속에서 자비심을 맛보고 달콤함을 느끼고 나면 그것을 간직하기 위해 뭐든지 할 것이다. 이와 관련해서 내가 무척 좋아하는 말이 있는데, 20세기 초의 사회학자인 찰스 호튼 컨리는 이렇게 말했다.

"사람이 어떤 행동을 하든 그에게 자유의 정신이 없고, 그의 영혼이 목적과 실용성보다 큰 세계에 닿아 있지 않는다면, 완전한 분별력을 지닌 완전한 인간이 아니다."

이런 자유의 정신이 자비심의 토대다. 그것은 우리가 원하는 것과 우리가 여기 있는 이유에 대해 내면으로 깊이 이해하는 것이다.

당신이 자신의 영혼 속에서 아름다움과 평화를 느끼게 되면 무슨 일이 있더라도 그것을 원하게 된다. 그래서 나는 나와 함께 일하다가 떠나기를 원했던 남자와 논쟁을 벌이지 않았던 것이다. 나는 무슨 일이 있더라도 나와 그 사람이 모두 평화롭기를 원했다.

내가 "무슨 일이 있더라도 평화를 원한다"고 말할 때, 그것은 누군가 당신을 육체적 · 영적 · 심리적으로 학대하더라도 조용히 고통을 감수하라는 뜻이 아니다. 당신이 그 점을 분명히 알기를 바란다. 또한 그것은 상대방을 똑같이 학대해서 앙갚음하라는 뜻도 아니다. 그런 학대에도 불구하고 영적인 평화를 경험하겠다는 것은 두 가지 질문을 던지라는 뜻이다.

1. 학대를 중단시키거나 그런 상태에서 벗어나기 위해 나는 무엇을 해야 하는가?
2. 이 상황에서 나와 다른 사람들이 진정한 평화를 경험하기 위해 나는 무엇을 해야 하는가?

무슨 일이 있더라도 나는 치유받고 삶을 계속 살아가기 위해 학대를 중단시키고 내면을 들여다보는 데 전념할 것이다. 당신은 학대가 계속되는 것을 허용하지 말아야 한다. 가능하면 당신이 학대에서 벗어나고 남들도 그렇게 하도록 도와주어야 한다. 뿐만 아니라 세상에 학대와 독성을 더 퍼뜨리는 방식으로 상황에 대처하지 말아야 한다. 무슨 일이 있더라도 당신은 진정한 아름다움과 평화로 가는 내면의 방법을 발견해야 한다. 또한 그것을 통해서 상처를 신의 은총으로 변화시키고, 고통을 넘어서 세상에 평화를 주는 방법을 발견해야 한다.

어떻게 그렇게 할 수 있을까? 내가 아는 사람들 중에서는 남달리 친근감이 느껴지고 나에게 감동과 영감을 주는 분이 있다. 그 사람은 록허스트 대학과 템피의 애리조나 대학에서 학생들을 가르쳤던, 지금은 고인이 된 로버트 J. 크레이쉬 교수다. 나는 록허스트 대학에서 교수님의 정식 학생은 아니었지만, 대학에 다니는 동안 그분과 친한 사이가 되었다. 그리고 그분이 템피로 옮겨간 뒤에도 우리의 관계는 변함이 없었다.

철학자를 연구하는 철학자로서 크레이쉬 박사는 자신의 저서와 삶 속에서 철학은 논리적이면서 또한 실용적이어야 한다고 주장했다. 그분은 주중에는 애리조나 대학에서 철학을 가르쳤고, 주말이 되면 이주 노동자들과 그 가족들을 가르치고 도와주었다.

어느 날 저녁, 캔자스시티를 방문한 교수님은 아무런 예고도 없이 우리 집에 들렀다. 나는 교수님을 내 방으로 안내했는데, 호리호리한 체격의 교수님이 내 의자에 앉아 있는 모습이 지금도 눈에 선하다. 그렇게 그분과 나는 교수와 대학생으로서 함께 철학을 했다. 그날 밤 교수님은 10여 년 전에 자신의 책에 썼던 말을 나에게 들려주었다.

"무언가를 알고 난 뒤에, 자신의 삶을 그것에 맞추는 것은 인간이 가질 수 있는 가장 높은 차원의 지혜다. 그 지혜는 모든 진리의 원천으로 가는 길을 분명하게 알려준다."

무언가를 아는 것은 영혼의 첫 번째 소임이다. 그것은 영원한 것과 지구상에 있는 것을 아는 것이다. 그 지식에 자신의 삶을 맞추는 것은 영혼의 두 번째 소임이다. 그것은 영원함과 일상의 삶을 자비심과 관대함 속에서 하나로 만드는 일이다.

영적인 자비심은 우리의 영혼이 부르는 이중의 소리를 들을 수 있도록 문을 열어준다. 우리가 영원으로부터 한없이 먼 곳에서 방황하고 있더라도 자기 자신과 타인에 대한 자비심은 우리가 오랫동안 잃어버렸던 이상의 추구로 돌아가게 할 수 있다.

우리가 사람들의 일상적인 관심으로부터 아무리 멀리 벗어나 있더라도 자비심은 다리를 놓아서 우리가 돌아갈 길을 찾게 해준다. 무슨 일이 있더라도 이처럼 영원한 것은 남아 있을 것이다. 무슨 일이 있더라도 나는 이 지구에서 자비심을 키우는 데 헌신할 것이다.

"나는 혼란스럽지 않습니다. 나는 단지 잘 섞여 있을 뿐입니다."

— 로버트 프로스트(시인)

STAGE 4
영혼의 태피스트리를 짜다

자신의 삶을 헝클어진 실타래가 아니라 잘 짜인 태피스트리로 볼 때, 당신은 모양은 물론 예전에는 결코 보지 못했던 아름다움까지 볼 수 있는 눈을 갖게 된다. 그러면 당신은 자신이 어떤 삶을 이루고 싶어 하는지, 미래가 어떤 방향으로 변화할 것인지 알 수 있다.

❧

'무슨 일이 있더라도'라는 말의 의미를 알게 되면, 당신은 자신의 삶을 자유롭고 정확하게 볼 수 있다. 과거에 당신은 자신의 삶을 보면서 무언가 부족한 점을 발견했다. 당신은 어떤 잘못과 실수들 때문에 부모와 형제, 친구와 적, 심지어 자기 자신을 비난했다. 영혼의 세계를 발견하면서 당신은 한때 제멋대로 당신에게 다가와 해를 미쳤다고 생각했던 순간들을 다르게 바라본다. 당신은 자신의 삶에서 일어나는 일들이 태피스트리를 만드는 실이 될 수 있음을 보기 시작한다.

자신의 삶을 태피스트리로 볼 때, 당신은 모양은 물론 예전에는 결코 보지 못했던 아름다움까지 볼 수 있는 눈을 갖게 된다. 그러면 당신은 자신이 어떤 삶을 이루고 싶어 하는지, 미래가 어떤 방향으로 변화할 것인지 알 수 있을 것이다.

내가 일하는 성당을 찾아와 하루 종일 앉아 있는 젊은 여자 노숙자가 있다. 1년이 넘도록 그녀는 변함없이 그렇게 행동했다.

마거릿이라는 이름의 그 여자는 점점 더 길을 잃어갔다. 처음 우리에게 왔을 때 그녀는 그냥 조용히 앉아 있곤 했다. 몇 달이 지나자 그녀는 혼잣말을 중얼거리고 가끔은 심하게 화를 냈다. 하지만 폭력을 쓰진 않았다. 우리는 여러 차례 그녀에게 말을 걸어서 도움을 주고 치료를 해주겠다고 제안했다. 또한 다양한 프로그램에 참여할 것을 권유했다. 하지만 그녀는 그 모든 제안을 거부했다. 그리고 날마다 성당에 앉아 있다가 밤이 되면 성당을 떠났다. 다음날 성당 문이 열리면 그녀는 다시 돌아왔다.

마거릿을 보면 나는 서글퍼진다. 그녀는 너무나 젊고 앞날이 창창한 여성이기 때문이다. 그래서 나는 마거릿이 영원한 계획 속에서 이 세상에서 자신에게 주어진 역할을 하고 있다고 나름대로 생각해본다. 옆에서 그녀를 지켜보는 것은 무척 힘든 일이지만, 그녀의 삶에는 분명 훨씬 더 많은 것이 있을 것이다.

마거릿을 보면서 나는 친하게 지내는 테리를 생각하곤 한다. 테리는 마거릿과 나이가 거의 비슷한데, 실제로 두 여성은 비슷한 길을 걸어왔다. 요즘 내가 테리를 볼 때면 이렇듯 아름답고 쾌활한 여성이 한때 분노에 가득 차서 고함을 지르며 돌아다니고, 미친 사람처럼 길거리에서 노숙했다는 사실을 도저히 상상할 수가 없다. 그녀가 한때 방향을 잃고 방황했다는 것을 그 누가 상상할 수 있을까?

테리는 지금 대학을 졸업하고 번듯한 직장에 다니면서 앞날에 대한 구체적인 계획까지 세우고 있다. 그녀는 자신의 지난날에 대해 거리낌 없이 말한다.

"날마다 어두운 터널 속에서 지내는 느낌이었어요. 분노가 끓어오르는, 바닥이 보이지 않는 심연에 있으면서 공격할 대상만 찾고 있었죠. 정처 없이 떠돌면서 어디로도 가지 못했어요."

그 무엇이 테리의 상황을 바꿔놓았을까? 어느 날 거리에서 그녀는 한 수녀를 만났다. 수녀는 그녀의 눈을 들여다보면서 우리가 가끔 마거릿에게서 발견하곤 하는 가능성의 불꽃을 보았다. 수녀의 무엇이 마음에 들었는지 모르지만 테리는 함께 자기 집으로 가자는 수녀의 권유를 받아들였다. 최근에 테리는 나에게 이렇게 말했다.

"수녀님은 제 인생에서 최고의 축복이었어요. 그분은 저를 자기 집에 머물게 해주고, 음식을 주고, 옷을 입히고, 몸을 씻어주는 등 정성껏 돌봐주셨어요. 그런 다음에 저를 의사에게 데려갔어요."

꽤 많은 검사를 한 뒤에 의사들은 테리의 행동의 이면에 놓인 의학적 상태를 진단하고 나서 도움이 될 약을 처방해주었다.

"저에게 이름을 붙일 수 있는 질병이 있다는 건 뜻밖이었어요. 저는 저 혼자만 그런 증상을 갖고 있고, 홀로 세상에 맞서 싸우고 있다고 생각했거든요. 지금은 저의 정신질환이 다른 사람들도 갖고 있는 그렇게 특별하지 않은 질병이고, 어느 정도 치료가 가능하다는 걸 알고 있어요. 그 질병에 걸린 사람들은 두려움과 어둠 속에서 영원히 살 필요가 없어요."

테리는 길을 잃고 수렁에 빠져 있었다. 하지만 그녀는 자신이 혼자가 아니라는 걸 깨닫고 자신과 같은 사람들을 이해하고 자비심을 느끼게 되었다.

삶을 긍정적이고 자비로운 눈으로 바라보게 되면서 테리는 자신의 삶을 이해할 필요를 느꼈다. 그녀가 나에게 말했다.

"저는 정신질환을 앓았던 지난 세월이 잃어버린 시간이 아니라는 걸 반드시 확인하고 싶었어요. 저는 그 세월을 앞으로의 삶을 위한 어떤 기준으로 이용할 필요가 있었어요."

그 뒤로 테리는 자신의 삶을 완전히 새롭게 만들었고, 끊임없이 예전의 일들을 이해하려고 노력했다. 그러면서 그녀는 진정으로 얼굴이 붉어지고 창피한 순간들이 있었음을 발견했다. 물론 그녀는 그것들을 옆으로 밀쳐놓고 기억에서 지워버리고 싶은 충동을 느꼈다. 그녀가 말했다.

"결국 저는 그렇게 끔찍한 순간들조차도 사랑으로 가는 문이 될 수 있다는 것을 깨달았어요. 그 일들은 미쳐버리는 것이 무엇인지 일깨워주었어요. 그리고 제 질병이 재발했는지 스스로 진단하고, 약과 음식을 조절하고, 수면시간을 정하는 데 필요한 판단 기준이 되어주었어요. 과거는 오로지 두려움만 주는 순간들이 아니라 제가 올바른 길을 가게 해주는 스승이자 안내자가 되었죠."

테리는 자신의 내면 깊은 곳에 분명하게 자리 잡은 규율을 알 수 있었다. 또한 감정의 소용돌이 아래를 보았을 때 자신이 매우 어려운 상황에서도 책임감을 갖고 열심히 일할 수 있음을 발견했다.

병에 걸렸던 몇 년 동안의 일을 깊이 생각하면서 테리는 자신의 삶에 사랑으로 가득 찬 주머니가 있다는 것을 깨달았다. 테리의 혼란스럽기 짝이 없는 삶에도 불구하고 부모님은 그녀를 진심으로 지지했다. 그녀는 그 어두운 세월 동안 무슨 일이 있었는지 부모님께 알려드리기로 결심했다. 테리는 부모님이 자신에게 보여준 변함없는 사랑을 돌려드리기 위해 가능한 모든 일을 하겠다고 다짐했다.

자신의 삶을 새롭게 만들어가면서 테리는 자기 지역에 있는 활력이 넘치는 성당에 이끌리는 자신을 발견했다. 그곳에는 따뜻한 공동체가 있어서 그녀는 문을 열고 걸어 들어가는 순간부터 자신이 환영받고 있음을 느낄 수 있었다. 그곳에서 테리는 새로운 가족을 찾기 시작했으며, 주임 사제가 그녀의 특별한 친구가 되어주었다. 아울러 그녀는 가톨릭 신도들이 인터넷으로 채팅하는 방에서 나를 만났다. 내가 '진짜 신부'라는 것을 확신한 뒤에 테리와 나는 친구가 되었다.

그녀가 활기차게 성장하는 모습을 지켜보고, 그녀의 삶의 부침을 공유하는 것은 나만의 특권이다. 마침내 테리는 성당의 정식 신도가 되기 위한 과정을 밟기 시작했다. 테리의 가족은 그녀의 결정에 기뻐하지 않았다. 왜냐하면 그들은 성당에 대해 나쁜 기억을 갖고 있어서 가톨릭을 안 좋게 생각했기 때문이다. 하지만 테리에 대한 부모님의 지지는 흔들림이 없었다.

테리는 자신의 새로운 세계에서 넘치는 사랑을 발견했다. 스스로 치유하기 힘든 기억들이 있었지만, 이런 사랑 덕분에 그녀는 그것에 과감히 맞설 수 있었다. 그녀는 지난날의 별난 행동 때문에 자신으로부터 멀어지거나 심지어 자기 곁을 떠났던 몇몇 친구들과 가족들을 떠올렸다. 그러면서 그들을 미워하는 대신에 그들의 반응을 이해하고, 상처를 치유하기 위해 자신이 할 수 있는 일을 하기로 결심했다.

따뜻한 분위기 속에서 테리는 자신의 가치를 점점 더 느끼면서 삶의 새로운 방향에 대해 깊이 생각하기 시작했다. 그녀는 내면 깊은 곳에서 자신이 받은 것을 세상에 돌려주고 싶은 소망을 느꼈다. 현재 그녀는 새로운 일을 하면서 남들에게 봉사할 수 있는 구체적인 방법을 모색하고 있다.

도대체 테리에게 무슨 일이 일어났던 것일까? 테리는 자신의 삶에 대해 깊이 생각하면서 그 안에 있는 다양한 조각들을 보았다. 그리고 그것들을 모아서 사랑과 봉사의 태피스트리를 짜기로 결심했던 것이다.

❧

태피스트리 과정을 거칠 때 당신은 다음을 배우게 된다.

1. 우리의 삶에서 일어나는 일들은 단순한 우연이 아니다.
2. 비록 고통스럽더라도 삶의 모든 순간은 우리의 스승이자 안내자다.
3. 우리는 자신의 삶을 평가하면서 자신의 새로운 목적에 공감하는 사람들을 끌어 모으기 시작한다.
4. 우리는 자신의 삶을 전혀 상관없는 순간들의 연속이 아니라 잘 짜인 태피스트리로 보는 법을 배운다. 그리고 자신의 삶에서 무의미한 일들 대신에 의미 있는 일들이 일어날 것이라고 기대한다.
5. 이러한 태피스트리에 대한 기대를 가질 때, 우리는 차츰 삶에 대한 불안감에서 벗어나 삶에 의지할 수 있다.

우리의 삶에서 일어나는 일들은 단순한 우연이 아니다.

불교도들은 이렇게 말한다.

"학생이 준비되어 있으면 스승이 나타날 것이다."

삶에서 일어나는 일들이 단순한 우연이 아니라는 통찰력을 가질 때, 우리는 삶의 태피스트리를 알아볼 수 있는 준비가 된 것이다. 그전에 우리는 스스로를 행운이나 불운의 희생자로 말하거나 누군가 삶은 단지 우연일 뿐이라고 말할 때 미소로 동의했을 것이다.

삶에서 일어나는 일들은 어떤 패턴을 갖고 있고, 원하면 그 패턴을 바꿀 수도 있지만, 우리가 이것을 알아볼 수 있기까지는 어느 정도 시간이 걸린다.

나는 성인이 되어서야 그 모든 것에 대해 많이 생각할 수 있었다. 나는 사제 훈련을 받으며 많은 시간을 보냈고 치유도 받았다. 그러면서 나는 내 과거에 대해 많이 알게 되었다. 매우 신기한 것도 알게 되었는데, 종교적인 훈련을 받으면서 종종 삶에 대해 성숙하지 못한 태도와 매우 부적절한 생각을 가질 수도 있다는 것이다. 종교는 우리가 자각에 이르도록 도와줄 수 있다. 하지만 종교에 몸담고 있다고 해서 반드시 그렇게 된다는 보장은 없다. 치유도 마찬가지다. 종교는 우리가 과거에 대해 깊이 알도록 할 수 있지만, 그럼에도 불구하고 자신이 과거의 희생자라는 느낌이 사라지지 않을 수도 있다.

〈당신이 생각하는 대로〉라는 프로그램을 3년여 동안 진행하고 나서 나는 처음으로 삶이 우연이 아니라는 것에 대해 진지하게 생각했다. 나는 웨인 다이어, 마리앤 윌리엄슨, 토머스 무어 등을 인터뷰했고, 당시에 출판된 영성과 관련된 수많은 책들을 읽었다.

어느 날 오후 내 교구를 떠나 라디오 방송국으로 가는 길에 개인적인 문제를 가진 교구민과 우연히 만났다. 그는 한동안 만나지 못했던 신도였다. 내가 그에 대해 생각하는 순간에 그를 만나서 무척 놀랐던 것이 지금도 기억난다. 그 사람과 이야기를 나눈 뒤에 나는 방송국으로 가서 작가와의 인터뷰를 녹음했다. 녹음을 하는 동안 조금 전의 '우연한 만남' 뒤에 『천상의 예언』을 쓴 제임스 레드필드 부부와 대화를 나누고 있다는 사실을 문득 깨달으면서 나는 깜짝 놀랐다. 그 책의 핵심적인 내용은 세상에는 우연이 없다는 것이었다!

그 경험은 내 삶이 바구니에 아무렇게나 던져놓은 실타래가 아니라 잘 짜인 태피스트리라는 것을 깨닫는 계기가 되었다. 이제 나는 어린 시절 라디오를 좋아하고 사제가 되기를 바랐던 일, 실망하고 좌절했던 세월, 병에 걸렸다가 뜻밖에 회복된 일, 그리고 다시 라디오와 사제로 향했던 일들 뒤에는 어떤 흐름이 있었다는 것을 알고 있다. 이 모든 것들이 모여서 전체적인 목표를 이루게 했던 것이다.

테리 또한 자신의 삶에서 똑같은 것을 발견했다. 그 발견을 통해 테리는 나처럼 과거의 구속에서 풀려나 완전히 새로운 자신의 모습을 받아들이고 창조했으며, 세상의 새로운 차원들을 보았다.

비록 고통스럽더라도 삶의 모든 순간은 우리의 스승이자 안내자다.

나를 찾아왔을 때 론은 50대 초반이었다. 그는 자신의 가치에 대해 고민하면서 자신이 세상에 기여하는 바가 거의 없다고 생각하고 있었다. 론이 자신의 심정을 자세히 말했다.

"아버지가 저에게 쓸모없는 녀석이라고 말한 날을 결코 잊지 못할 거예요. 당시 제 나이는 열 살 정도였어요. 그때 정확히 무슨 일이 있어서 아버지가 그런 말을 했는지는 기억이 안 납니다. 하지만 아버지는 잔뜩 화가 난 모습으로 제 앞에 서서 이렇게 말했습니다.

'이놈아, 이제 네가 우리 가족에게 무언가 기여할 때가 되었다. 네가 하는 짓이라곤 오직 받아먹는 것뿐이다. 넌 자기밖에는 아무도 생각하지 않아.'

지금 생각해보면 열 살짜리 아이에게 하기에는 너무 지나친 말이었지만, 당시에 저는 그렇게 생각하지 않았어요. 아버지의 말을 굳게 믿었죠. 그래서 제가 가족에게 손톱만큼도 도움이 안 된다고 믿게 되었어요."

그것은 정말 좋지 않은 일이었다. 설상가상으로 론에게 더욱 나쁜 일이 일어났다. 최근에 어린 시절의 일과 신기할 정도로 비슷한 일이 일어난 것이다. 론이 나에게 말했다.

"제가 이 직업을 가진 것은 기적 같은 일이었습니다. 이 일을 하기 전에는 몸이 아파서 거의 1년 동안 일을 못 했거든요. 이 일은 저에게 모든 걸 의미했고, 저는 제가 중요한 무언가를 하고 있다고 느끼기 시작했습니다.

그런데 3주 전에 본사에서 부사장 한 분이 우리 지점을 방문했습니다. 부사장과 저는 기분 좋게 대화를 나누었고, 그분은 제가 일하는 것에 매우 만족해하는 것 같았습니다. 그런데 오늘 부사장의 편지를 받았을 때 제가 얼마나 놀랐는지는 아마 상상도 못 하실 겁니다. 편지에는 제가 회사에 주는 것보다 더 많이 가져가고 있으며, 그것을 그냥 넘길 수 없다고 쓰여 있었습니다. 정말 참담한 느낌이 들더군요. 저는 정말 화가 나서 그럼 당신들은 무슨 일을 얼마나 잘 하느냐고 묻고 싶었죠."

상처와 좌절감을 겪고 나서 론이 진정으로 원한 것은 또 다른 직업이 아니라 평화로운 느낌이었다. 그의 경우에는 남들에게 진정한 기여를 하고 있다는 느낌이 필요했다. 그는 어린 시절의 일과 최근의 일이 비슷하다는 걸 쉽게 알 수 있었다. 그리고 진정으로 필요한 질문을 어렵지 않게 떠올릴 수 있었다. 나는 어떤 모습으로 내 삶을 만들어나갈 것인가? 나의 가치를 몰라주는 힘센 사람들의 희생자가 되어 좌절감 속에서 살아갈 것인가, 아니면 내가 진정으로 원하는 평화와 만족을 얻을 수 있는 방식으로 그들을 대할 것인가?

만일 첫 번째 방식으로 행동한다면, 그는 화를 내면서 일을 그만두든가 끓어오르는 분노를 억누르면서 조용히 있을 것이다. 두 번째 방식으로 행동한다면 그는 부사장을 설득하거나 끈질기게 버티면서 회사에 자신이 기여한 바를 알리기 위해 어떤 조치를 취할 것이다. 아니면 다른 일거리를 찾으면서 두 가지 방법을 함께 사용할 수도 있을 것이다.

어떤 경우든 그가 자신의 삶에서 일어난 일에 어떤 의미를 부여하고, 그것을 긍정적 또는 부정적으로 평가하느냐에 따라서 그의 행동은 결정될 것이다. 결국 론은 삶의 매순간에 단순하게 반응하기보다는 그것으로부터 가르침과 안내를 받는 것이 중요하다는 것을 깨달았다.

우리는 자신의 삶을 평가하면서 자신의 새로운 목적에 공감하는 사람들을 끌어 모으기 시작한다.

테리는 자신의 과거로부터 가르침과 안내를 받는 법을 배우면서 직장과 성당에서 자신의 영적인 변화를 지지하는 사람들을 발견하기 시작했다. 그녀가 자비와 이해를 새롭게 발견하면서 그녀의 목적과 방향에 공감해서 도와주려는 사람들이 주변에 모여든 것이다. 전혀 도움이 안 되는 사람들을 만났을 때에도 그녀는 그런 만남이 종종 필요한 사람과의 만남으로 이어진다는 것을 알았다. 예를 들어 더욱 의미 있는 직업을 찾던 그녀는 한 회사에서 면접을 보면서 자신의 배경과 삶을 경멸하는 듯한 말을 들어야 했다.

나중에 테리로부터 그 이야기를 들었을 때, 그녀는 그것에 대해 말을 꺼내지 못할 정도로 화가 나 있었다. 그렇게 며칠 동안 자신의 느낌을 발산하고 난 뒤에 그녀의 깊은 내면에서 희망의 싹이 보이기 시작했다. 그녀는 한 번의 나쁜 경험 때문에 자신이 삶에서 진정으로 원하는 것을 포기하고 싶지 않았다. 그래서 그녀는 계속해서 다른 회사에 면접을 보았고, 결국 자신을 따뜻하고 반갑게 맞이하는 사람들을 만날 수 있었다. 첫 번째 경험이 그녀의 소망을 시험한 끝에 그녀는 그것이 진정으로 바라고 추구할 가치가 있는 소망임을 발견한 것 같았다.

사람들은 경험이 최고의 스승이라고 말한다. 테리는 자신의 나쁜 경험을 받아들여 그 일을 통해 자신의 천직으로 나아갔다.

우리는 론에게서도 비슷한 것을 발견한다. 삶에서 비난이 가져오는 파괴적인 결과에 대해 깊이 깨닫고 나서 그는 마침내 아버지의 무심하고 가혹한 말에서 받은 상처를 치유하고, 직장 상사의 무심한 말에 대해서도 일정한 거리를 유지할 수 있었다. 회사에 남든 떠나든 론은 이제 더욱 바람직한 생각을 통해 자신의 삶을 안내할 수 있을 것이다. 앞으로 그는 더욱 긍정적인 모습의 영적인 스승들을 만나게 될 것이다. 아르키메데스(그리스의 수학자이자 물리학자 : 옮긴이)는 이렇게 말했다.

"나에게 지렛대를 주라, 그러면 세계를 움직일 것이다."

영혼은 강력한 지렛대다. 우리가 영혼을 통해 우리의 삶에 있는 찌꺼기들을 걸러내면, 영혼은 삶을 재구성하기 위해 세상을 움직인다. 자석처럼 영혼은 더욱 좋은 에너지를 자기에게 끌어들이기 시작하고, 결국에는 우리의 영혼에 더욱 도움이 되는 사람들을 끌어들인다. 영혼을 무시하거나 거부하지 않고 우리의 동맹자로 만들면, 영혼은 우리에게 새로운 사람들과 새로운 것들을 보여준다. 그리고 그것은 새로운 계기가 된다.

라디오 방송국에서 일하기로 결심했을 때, 나는 우연히 한 기술자와 만나게 되었다. 그런데 그의 소개를 통해서 나는 나중에 내 프로그램의 프로듀서를 맡게 된 라디오 섭외부장를 만났다.

그리고 어느새 나는 두 개의 프로그램을 맡아서 고정 진행자로 일하게 되었다.

그렇다고 모든 일이 잘 풀린 것은 아니다. 나는 그 길을 가면서 내가 잘못되기를 바라는 사람들과도 함께 있었다. 나는 종종 왜 그들이 내 삶에 들어와 있는지 궁금했다. 하지만 그들이 내 곁에 있는 이유는 내가 진심으로 종교 라디오에서 일할 생각이 있는지 알아보기 위해 영혼이 나를 시험하고 싶었기 때문일 것이다. 몇 년 동안 〈당신이 생각하는 대로〉라는 프로그램을 위해 고생스럽게 자금을 모은 일도 똑같은 시험이었다. 영혼은 우리에게 삶을 새롭게 만들 수 있는 도전을 주고, 그것에 대한 반응을 통해서 우리의 의지를 평가한다.

우리는 자신의 삶을 전혀 상관없는 순간들의 연속이 아니라 잘 짜인 태피스트리로 보는 법을 배운다. 그리고 자신의 삶에서 무의미한 일들 대신에 의미 있는 일들이 일어날 것이라고 기대한다. 삶에서 일어나는 사건에 어떤 이유가 있다는 것을 편안히 받아들일 때 우리의 의식에는 미묘한 변화가 일어나고, 그것은 다시 우리의 삶에 영향을 미친다. 한때 우리는 삶에서 일들이 제멋대로 일어나고 앞으로도 그럴 거라고 생각했지만, 이제는 그런 사건들의 이면에 놓인 의미와 목적을 찾기 시작한다.

그런 의미를 깨닫고 기대할 때, 우리는 자신이 어떤 사건의 희생자라는 느낌을 덜 갖게 된다. 대신에 우리는 지난 삶의 경험들을 우리에게 방향을 알려주는 하나의 표지판이나 암시라고 생각하게 된다.

얼마 전 나는 한 친구와 이상하고 불쾌한 일로 다툰 적이 있었다. 그 일은 그와의 관계를 지속시키는 것이 더 이상 바람직하지 않다는 것을 깨닫게 했다. 대부분의 사람들처럼 나 또한 한때 가깝게 지낸 사람에 대해 그런 결정을 내리기가 꺼림칙했다. 그래서 불편한 마음이 있었지만 그와의 우정을 계속 유지하려고 노력했다. 하지만 결정적인 일이 일어나면서 나는 그 친구와 이별할 때가 되었다고 믿게 되었다. 나는 결정을 내렸고, 그때 내 기분은 말할 수 없이 나빴다. 그러나 나는 마음 깊은 곳에서 진정으로 올바른 결정을 내렸다고 믿었다.

그러는 동안 나는 내 삶에서 또 다른 일이 일어나고 있음을 알아차리기 시작했다. 주변 친구들과 친지들이 나에게 사랑과 격려의 말을 많이 해주기 시작한 것이다. 편지와 쪽지, 카드와 전화, 따뜻한 말과 선물이 주변으로부터 쏟아지면서 내가 얼마나 많이 그리고 깊이 사랑받고 있는지를 보여주었다. 나는 그저 놀랄 따름이었다. 그 순간 나는 세상에 우연한 일은 없다는 확고한 믿음을 갖게 되었다. 그리고 그 친구에 대한 결정에 대해 스스로 믿음을 갖게 되었다.

그해 4월에 쏟아진 사랑의 세례를 분명히 의식할 수 있었던 이유는 내가 우연은 없다는 믿음을 갖고 있었기 때문이다. 사람들은 내가 어떤 일을 겪고 있는지 전혀 모르고 있었다. 게다가 그들은 대부분 서로 모르는 사람들이었다. 신은 내가 혼자가 아니고, 어려운 결정에 이어서 엄청난 도움과 사랑을 받을 거라고 말하고 있었다.

그런 일들이 일어나고 있을 무렵이었다. 어느 날 저녁 나는 교외에 놀러 갔다 시내로 돌아오면서 붐비는 통근 열차에 올라탔다. 나는 사실 기차 여행이 내키지 않았다. 그 시간 내내 최근의 불쾌한 일들을 머릿속에서 되뇌고 있을 것 같았기 때문이다. 나는 기차역에 비치된 책 선반에서 종교 잡지를 조심스럽게 집어 들었다. 그리고 그것을 읽으면서 모든 걱정을 잊을 수 있기를 바랐다. 그날 밤 기차는 유난히 사람이 많아서 빈자리를 찾을 수 없을 것 같았다. 그런데 기차에 올라가서 왼쪽을 바라보자마자 첫 번째 자리가 비어 있었다.

내가 자리에 앉자 옆자리에 너무나 귀여운 하얀색 개 두 마리를 안고 있는 젊은 여성이 눈에 띄었다. 개들의 단추 같은 맑은 눈이 작은 얼굴 위로 늘어진 고불고불한 털 사이로 내다보고 있었다. 개들은 자신들과 함께 가게 된 새로운 승객에 대한 궁금증과 놀라움이 담긴 표정을 짓고 있었다. 젊은 여성은 죄송하다고 말했지만 나는 동물을 좋아하기 때문에 괜찮다고 안심시켜주었다.

나는 개의 이름과 종류, 나이를 물어보았다. 그러자 이름은 트리시와 록시이고 종류는 말티즈이며, 나이는 아홉 살이라는 대답이 돌아왔다. 곧이어 총명하고 쾌활한 여 변호사와의 흥미로운 대화가 시작되었다. 알고 보니 그녀는 많은 시간을 학대받는 동물을 구조하는 단체에서 자원봉사 활동을 하고 있었다.

대화를 나누면서 나는 트리시와 록시의 머리를 계속 쓰다듬었다. 그러자 한번 키워보고 싶을 만큼 귀여운 록시가 열심히 내 손을 핥았다. 125가와 그랜드 센트럴 역 사이에서 트리시는 내 무릎 위로 기어 올라오더니 행복한 표정으로 코를 벌렁거리며 계속 나와 입을 맞추었다. 마침내 내가 여행 동료들에게 작별 인사를 하고 집으로 향했을 때, 조금 전 기차에 오를 때 갖고 있었던 나의 걱정을 신이 깨끗이 씻어주었다는 걸 깨달을 수 있었다.

삶에서 무작위적이고 무의미한 일은 일어나지 않는다고 믿을 때, 우리는 그런 일들을 메신저로 생각할 수 있다. 요즘 천사들에 대해 관심들이 많은데 나는 많은 사람들이 자신의 경험을 천사의 행동으로 보기를 바란다. 신은 그런 메신저를 보내서 우리들 각자가 귀중한 보석들이며, 신이 우리를 깊이 사랑한다는 것을 보여주는 것이다.

태피스트리 단계에서 우리는 아직 삶에서 신이 활동하는 방식을 충분히 깨닫지 못할지도 모른다. 우리는 단지 삶이 제멋대로 펼쳐지는 건 아니라고 생각하고, 경험 속에 우리를 안내하는 메시지가 있으리라고 기대할 뿐이다.

어느 날 아침 내가 글을 쓰고 있는데 내 친구 메리 바레티가 보낸 편지가 도착했다. 그녀와 그녀의 남편 조는 여러 해 동안 나와 친구처럼 지낸 사이여서 나는 언제나 그들을 보고 싶고, 그들의 소식을 듣고 싶다. 편지에서 그녀는 내가 뉴욕의 리버데일에 있는 예수수난회 수행센터에서 부부를 위한 명상 수련회를 열어주어서 고맙다고 말했다. 그러면서 내가 가나의 결혼식, 곧 예수님이 물을 포도주로 바꾼 성경의 사건에 대해 이야기했던 것을 언급했다. 흥미로운 것은 내가 신의 메시지에 대해 어떤 글을 쓸까 생각하는 순간에 그녀가 매우 적당한 성경의 이야기를 나에게 알려준 것이었다. 그것은 너무나 신기한 우연의 일치였다!

가나의 결혼식 이야기는 신약성서 『요한복음』 2장에 나온다. 그것은 결혼식에서 포도주가 떨어지자 예수님이 물을 포도주로 바꾼 일화로 알려져 있다. 성경학자들은 그 사건이 널리 알려진 줄거리를 통해 우리가 이해하는 것보다 신학적으로 훨씬 깊은 의미를 지니고 있다고 생각한다. 태피스트리의 시각으로 볼 때, 그 이야기는 삶에서 일어나는 일들이 흔히 생각하듯이 제멋대로 일어나지 않는다는 것을 보여준다. 또한 바람직한 방향으로 기대를 갖는 것이 중요하다는 것을 깨우쳐준다.

성 요한에 따르면 예수님의 어머니 마리아가 결혼식에 참석했고, 예수와 그의 제자들 '또한 초대받았다'고 한다. 이것은 주목할 만한 말이다. 왜냐하면 우리가 보통 일을 어떤 식으로 처리하는지를 잘 보여주기 때문이다. 『요한복음』에는 뜻밖의 이야기가 자주 나오는데, 요한은 위대한 예언자이자 신의 아들이 결혼식 손님으로 나중에 떠올렸던(즉 '또한 초대되었던') 대상이었음을 미묘하게 말하고 있다. 그러면서 요한은 사람들이 종종 자기 힘으로만 일을 하려고 하고, 신은 나중에 생각한다는 것을 상기시켜준다.

당시 사람들이 결혼식에서 그런 식으로 행동하고 있는데 갑자기 포도주가 떨어졌다. 우리 역시 그렇게 행동하면서 신을 '초대하는' 것을 거의 생각하지 않는다. 우리는 '포도주', 즉 기쁨과 활력, 그리고 일상을 살아가는 데 필요한 에너지가 떨어지는 것을 종종 발견한다. 또한 살아가고 목적을 성취하는 과정에서 더 크게 성공하고 만족하지 못하는 이유가 무엇인지 궁금해한다. 이런 일이 일어날 때, 우리는 앞에서 본 것처럼 우리의 영혼 속에서 '불편함'을 느낀다.

『요한복음』의 이야기에서 마리아가 영혼을 상징한다고 말하는 것이 지나친 비약은 아닐 것이다. 마리아는 덧없는 순간과 영원 사이에 다리를 놓아주는 우리의 한 측면이다. 이 이야기에서 마리아는 신혼부부가 완전히 길을 잃은 상황(1단계)을 보면서 예수님에게 말했다.

"그들에게 포도주가 떨어졌습니다."

신혼부부는 수렁에 빠져 창피를 당하고 있었다(2단계). 여기서 우리는 마리아의 자비심이 절망적인 상황 속에서 영원과 희망으로 가는 다리를 놓아주었다는 것을 알아야 한다.

하지만 곧바로 해결책이 생겨난 것은 아니다. 나중에 초대를 받은 예수님은 실재의 영원한 차원을 나타내는데, 그분은 그렇게 초대를 받은 손님들이 보일 법한 반응을 보인다. 예수님이 마리아에게 물었다.

"그것이 나와 저들에게 무슨 상관이란 말입니까?"

만일 영원의 대표자가 너무 냉정하게 말했다고 생각된다면, 왜 그가 그런 반응을 보였는지 깨달아야 한다. 우리의 삶이 올바른 방향으로 나아가려면 우리는 혼자서 살아갈 수 있다는 환상을 버려야 한다. 대신에 우리의 덧없는 삶이 영원한 운명의 안내를 받는다는 것을 이해해야 한다. 따라서 그와 같은 영원한 운명에 주의를 기울여야 한다.

포도주가 떨어진 상황에서 젊은 부부는 절망감에 사로잡혀 틀림없이 모든 것을 포기하고 싶었을 것이다. (기도에 신이 즉시 응답하지 않을 때 우리가 보통 그렇게 하듯이) 이런 순간에 영혼(여기서는 마리아)은 어떻게든 문제를 해결하려고 하면서 희망이 안 보이는 순간적인 문제를 영원한 문제로 변화시킨다. 신혼부부의 하인들을 향해 마리아는 이렇게 말한다.

"저분이 시키는 대로 하라."

마리아가 그렇게 말할 때—그리고 우리가 절망 속에서 우리의 영혼에게 똑같이 할 때— 기적이 일어날 수 있고 절망적인 상황(포도주)은 점점 나아진다. 마리아처럼 우리의 영혼이 의미 있는 일이 일어날 것으로 기대할 때, 신은 새로운 포도주가 흐르게 한다. 그것이 테리와 론, 그리고 내가 말하고 싶은 것이다.

이러한 태피스트리에 대한 기대를 가질 때 우리는 차츰 삶에 대한 불안감에서 벗어나 삶에 의지할 수 있다.

태피스트리 단계의 마지막 특징은 신의 존재를 또 하나의 우연으로 보는 게 아니라 그것을 이해하고 기대하는 것이다. 흔히 말하듯 지푸라기라도 잡는 심정으로 기도를 드리고 신의 응답을 기다리는 것과는 달리, 태피스트리 단계는 신이 우리 안에서 활동할 뿐 아니라 우리보다 훨씬 지혜롭다는 걸 깨닫고 신의 도움을 기대하는 차원으로 우리를 안내한다. 신으로부터 이런 식의 보호를 기대할 때, 우리는 자신의 삶을 다르게 바라본다. 즉 자신의 삶을 사악하거나 죽은 사건들의 집합이라고 생각하는 대신에 그 뒤에 신이 적어놓은 것을 찾는다.

이 장을 쓰는 동안 나는 루이지애나 주 슈리브포트의 라디오 방송국에 가서 〈삶의 전략〉이라는 프로그램에 출연하는 행운을 누렸다. 그날 사회자 데이브 맥밀란은 한 청취자가 이메일로 보내온 사연을 읽어주었다. 그 글의 제목은 '신의 방식'이었다. 사연을 보낸 남자는 어린 시절 엄마가 털실로 무언가를 짜는 것을 보았을 때를 회상하고 있었다. 어린아이였던 그는 그것을 보면서 무척 실망했다고 한다. 엄마가 검은 털실을 이용해서 보기 흉한 모양을 짜고 있었기 때문이다.

그가 엄마의 수예품을 보면서 실망을 하자 엄마는 나가서 놀고 있으면 일이 다 끝났을 때 부르겠다고 아들에게 말했다. 이윽고 엄마가 자신을 불러서 완성된 작품을 보여주었을 때 그는 너무나 놀랐다. 수예품이 너무나 아름다웠던 것이다. 아들이 당황한 표정으로 물었다.

"엄마는 어떻게 보기 흉한 것에서 이렇게 아름다운 걸 만들어 냈죠?"

엄마가 대답했다.

"아들아, 네가 좀 전에 보았던 것은 디자인의 바탕일 뿐이란다. 그래서 그것이 네 눈에 흉하게 보였던 거야. 털실을 짜고 있는 동안 나는 하나의 패턴을 이용하고 있었어. 저기 상자 위에서 그것을 찾아보거라."

소년은 그쪽으로 달려가 상자를 찾아서, 엄마가 이용했던 패턴을 보았다. 아이는 그것을 가져와서 엄마가 그것을 따라서 아름다운 작품을 만들었다는 걸 확인했다. 물론 그 작품은 만들어지는 동안 너무나 엉성해 보여서 조금도 눈길을 끌지 못했지만 말이다.

영혼의 태피스트리 단계는 삶이 아무렇게나 펼쳐지고 흉측한 것처럼 보일 때, 우리는 종종 디자인의 바탕을 보고 있다는 것을 상기시킨다. 우리가 영원한 패턴을 보고 그것을 따라서 진정한 작품을 완성하도록 돕는 일이 바로 영혼이 하는 일이다.

STAGE 5

다락방의 지혜를 얻다

다락방을 통해서 우리는 초월적인 존재가 된다. 다락방으로 가는 계단을 올라갈 때, 당신은 날마다 만나는 세계, 즉 부담감, 틀에 박힌 일, 기쁨, 불운, 깨어진 관계에서 벗어나 더 높은 곳으로 올라가 작은 마법을 발견한다. 그것이 초월의 아름다움이다.

❧

삶에서 일들이 아무렇게나 일어나지 않는다는 깨달음은 우리에게 완전히 새로운 지평선을 열어준다. 그것이 앤에게 일어난 일이었다. 그녀는 50대 중반에 꿈에 그리던 남자를 만났다. 그때까지 앤은 여러 면에서 매우 멋진 연애를 했지만 남자들과의 좋은 관계가 결혼으로 끝난 적은 한 번도 없었다. 앤은 이런 상태가 언제 끝날 것인지 궁금하지 않을 수 없었다. 그녀는 사랑하는 남자를 만나서 그의 사랑스런 아내가 되기를 진정으로 원했다.

결국 그녀는 적당한 결혼 상대자를 소개해주는 온라인 서비스에 가입했다. 몇 명의 괜찮은 남자를 만난 뒤에 그녀는 이상적인 성격을 가진 듯 보이는 토드라는 사람을 소개받았다. 토드는 앤과 동갑이었다. 몇 달 동안 편지를 주고받고, 전화로 대화를 나눈 끝에 마음이 달아오른 두 사람은 어느 주말에 만나기로 약속했다. 토드가 앤이 살고 있는 시카고로 비행기를 타고 날아갔다.

그들은 공공장소에서 만나 데이트를 하고, 앤이 다니는 교회를 찾아가고, 시카고의 다양한 관광명소를 즐거운 마음으로 돌아다녔다.

두 사람은 모두 꿈에 그리던 따뜻하고, 신앙심이 깊고, 다정하고, 낭만적인 사람을 발견했다. 그들의 관계가 어디로 갈 것인지는 곧바로 알 수 없었지만 보다 높은 힘이 그들을 하나로 만든 것이 분명했다.

종교적인 사람들이었던 앤과 토드는 높은 차원의 힘을 신으로 부를 수 있었다. 그들은 각자 또는 둘이 함께 신과의 새로운 관계를 발전시키기 시작했다. 신은 그들을 만나게 해주고, 그들이 여태까지 상상했던 것보다 더욱 깊이 있고 소중한 사랑을 주었다.

앤과 토드는 기독교인이었기 때문에 이처럼 신성한 경험을 하는 데 기독교가 특별한 배경이 되어주었다. 만일 그들이 불교도였다면 그 맥락에서 자신들의 경험을 이해함으로써 깊은 평화를 느꼈을 것이다. 또는 그들이 힌두교도였다면 평화로운 공백이나 공(空)을 경험했을 것이다. 그리고 그것이 삶의 다양한 순간들의 신성한 배경이 되어주었을 것이다.

하지만 우리는 삶 속에서 초월적인 것을 경험한다. 그때 우리는 완전히 새로운 차원의 문으로 들어서게 된다. 과거에 종교를 갖고 있었더라도 우리는 이제 완전히 새로운 방식으로 종교적인 사람이 된다.

그것이 성경에서 토비트와 그의 가족이 경험한 것이다. 『토비트서』는 고대의 지혜가 숨어 있는 보물이다. 그 책의 원본은 더 이상 남아 있지 않다. 그것은 히브리 성경에는 포함되어 있지 않고 개신교 성경의 경외전으로만 존재할 뿐이다. 하지만 그 책은 셈족에서 유래되었음을 강력히 시사하고 있으며, 영혼이 신을 향해 가는 법을 가르쳐주는 매우 인상적인 이야기다.

토비트의 이야기는 흥미로운 반전과 변화로 가득 차 있어서 실제로 그것을 읽은 사람들은 너무나 훌륭하다고 입을 모아 말한다. 기본적인 줄거리는 토비트라는 친절하고 법을 잘 지키는 남자가 알 수 없는 불운으로 장님이 되는 것에서 시작된다. 장애인이 된 그는 일을 할 수가 없었다. 결국 그의 아내 안나가 양모로 실을 잣고 옷감을 짜서 가족을 부양해야 했다. 그녀는 일을 잘해서 일에 대한 대가로 어린 염소 한 마리를 받았다. 그녀가 염소를 집으로 데려왔을 때 그 울음소리가 토비트를 짜증나게 했다. 그래서 그는 염소를 훔쳐온 게 분명하다고 아내를 비난하고 나서 그것을 없애버리라고 소리쳤다. 그들 부부가 다투는 부분을 읽어보면, 안나는 화를 내면서 남편의 인격이 의심스럽다고 말한다.

깃털처럼 가벼운 삶에 지쳐버린 토비트는 자신에게 죽음을 달라고 신에게 간절히 기도했다. 한편 그곳에서 멀리 떨어진 메디아에 사라라는 이름의 젊은 여인이 살고 있었는데 그녀의 일곱 명의 남편들은 모두 사망했다. 사라의 하녀가 그녀의 잇따른 불운을 비웃는 말을 하자, 사라 역시 참담한 심정으로 신에게 죽음을 달라고 기도했다.

신은 세상의 서로 다른 곳에서 동시에 전해진 두 사람의 절박한 기도를 들었다. 신은 그들에게 응답하기로 결심하고 그 일을 처리하기 위해 라파엘 천사를 세상으로 보냈다.

죽음을 달라는 기도에 신이 응답할 것이라고 믿었던 토비트는 자신이 메디아에 남겨놓은 돈을 받아오기 위해 아들 토비아스를 보냈다. 낯선 이방인으로 가장한 라파엘은 토비아스가 사라를 찾아가게 만들었다. 토비아스는 사라의 결혼생활을 방해했던 악마를 몰아내고 그녀를 아내로 맞아들였다. 그런 다음에 아내와 함께 돌아간 토비아스는 물고기의 쓸개즙을 이용해서 아버지의 실명한 눈을 고쳐주었다. 시력이 완전히 회복된 토비트는 자신에게 커다란 축복을 내리신 신을 찬양했다.

앞에서 말했듯이 이것은 읽어볼 가치가 있는 마법 같은 이야기다. 이 이야기에서 나를 특별히 감동시킨 부분은 신의 전능한 힘이 세상의 서로 다른 곳에 있는 절망적인 사람들을 치유했다는 것이다. 신은 처음에는 서로 알지도 못했던 사람들을 서로 엮어서 치유한 것이다.

이야기의 끝부분에 나오는 토비트의 기도는 그의 영혼이 새로운 차원의 통찰력을 갖게 되었음을 분명히 보여준다. 그것은 그의 시력이 회복된 것에서 상징적으로 드러난다. 토비트는 이렇게 말한다.

"당신은 우리의 주인입니다. 당신은 우리의 신이고 우리의 아버지입니다. 당신은 영원토록 우리의 신입니다."(『토비트서』 13장 4절)

❧

영혼의 다섯 번째 단계는 영혼이 신에 대한 분명한 지식의 영역으로 과감히 들어가는 것이다. 여행을 할수록 영혼은 덧없는 세상이 자신에게 지운 한계로부터 점점 벗어난다. 이제 영혼은 영원과 신성함의 영역으로 힘차게 들어간다. 그렇게 돌파구가 생기는 것을 토비트가 경험했고, 앤과 토드가 지금 경험하고 있다. 그것은 영혼의 또 다른 측면, 곧 영원함에 대해 통찰력을 갖는 경험이다.

이 단계에서 영혼에게 일어나는 일은 다락방으로 올라가는 것과 상당히 유사하다. 내가 그것을 '다락방의 지혜'라고 부르는 이유가 거기에 있다.

나는 다락방이 있는 집에서 살았던 적이 없다. 하지만 다락방을 갖고 있는 많은 사람들을 알고 있다. 내가 다락방이 없는 집에서 50년이 넘게 살아왔다는 사실은 현대의 건축 양식에 대해 많은 걸 말해준다. 예전에는 모든 집에 다락방이 있었다. 나는 다락방이 일반적인 것이었다고 말했지만 사실 그것은 절대로 평범하지 않았다. 다락방은 죽은 것이 생명을 얻고, 그 과정에서 우리를 변화시키는 정말로 특별한 마법의 장소다.

다락방은 다양한 이야기와 가족의 전설이 살아 숨 쉬는 곳이다. 나는 다락방이 있는 큰 저택에서 살고 있는 가족을 알고 있다. 나는 그 집에 가본 적이 없지만 상상을 통해 자주 그곳으로 여행을 했다. 그 가족은 다락방을 마치 자신들의 오랜 친구처럼 말한다.

종종 전화가 불통이 될 때 그들은 다락방에 전화선이 엉켜 있기 때문이라고 말한다. 그리고 틀림없이 다락방으로 요정들이 지나갔을 거라고 추측한다. 전화 수리공이 오면 그들은 위로 들어올리는 문을 열어주었고, 그러면 수리공이 다락방을 돌아다니면서 엉킨 전화선을 풀었다. 신기한 일은 일곱 명의 식구들 중에서 오직 엄마와 아빠(주로 아빠)만 다락방에 올라갔다는 것이다. 하지만 모든 식구들은 전화가 불통될 때마다 전화 수리공이 그곳에 올라가야 한다고 생각했다. 이처럼 자신만의 신화와 삶, 마법을 갖고 있는 다락방은 가족의 전설 속에서 매우 중요한 장소였다.

내가 듣기로는 다락방은 많은 보물의 원천이다. 가족이 낚시나 피크닉을 가기라도 한다면, 아이스박스와 크고 작은 여행 가방들이 다락방 높은 곳에서 나온다. 크리스마스 때에는 십여 개의 커다란 상자들이 조심스럽게 계단 아래로 내려진다. 그 상자들 속에는 마법이 잠자고 있다. 일단 상자가 열리면 마법이 깨어난다. 눈 깜짝할 사이에 썰렁했던 크리스마스트리는 전구와 장식물, 과거의 추억을 통해 살아나고 집 안팎을 가릴 것 없이 온 집안이 크리스마스 장식의 축복을 받는다. 그리고 크리스마스가 지나면 다시 상자 속으로 들어가서 또 한 번의 추억으로 남는다.

다락방은 정말 찾아갈 가치가 있는 멋진 장소다. 휴일에 비가 오더라도 다락방으로 가는 계단을 올라감으로써 우리는 모험을 즐길 수 있다. 다락방에서라면 아래층에서는 참기 힘든 눅눅함과 곰팡이도 참을 수 있다. 트렁크를 열면 놀랍게도 할머니의 웨딩드레스가 보인다. 한가한 오후에 작은 소녀는 상상 속에서 춤추는 신부로 변신한다. 보라, 아버지가 어머니에게 사랑을 고백하면서 적어 보냈던 오래된 연애편지가 있다. 십대의 딸은 어머니와 아버지를 완전히 새로운 눈으로 보면서 즐거워하고 새로운 사실도 알게 된다.

녹슬고 낡은 낚시 가방을 뒤지면서 아버지는 오래전에 자신의 아버지와 함께 낚시를 가서 처음으로 물고기를 잡았을 때 썼던

모조미끼를 발견한다. 찬바람이 몰아치는 겨울날, 십대의 아들과 친구들은 다락방에 모여서 음악을 듣고, 직접 체험한 흥미진진한 일들은 물론 상상 속의 모험에 대해 신나게 이야기한다. 다락방은 이들에게 차가운 바람과는 동떨어진 따뜻한 세계를 제공한다.

우리는 왜 그렇게 다락방을 좋아하는 걸까? 그 이유는 아래에 있는 우리의 일상 세계가 지루하고 힘들어질 때마다 찾아갈 수 있는 아늑하고 마법적인 세계를 다락방이 제공하기 때문이다.

그곳에서 실제로 모험을 할 수는 없을지라도 단지 다락방에 대한 생각만으로도 우리는 그 세계로 들어가고 그곳의 마법을 통해 변화된다. 명탐정 셜록 홈스는 다락방과 인간의 마음이 비슷하다고 생각했다. 베이커가 221번지에 살았던 그는 이렇게 말했다.

"나는 인간의 뇌가 비어 있는 작은 다락방과 같다고 생각한다. 따라서 당신은 자신이 선택한 가구들을 그곳에 들여놓아야 한다."

홈스가 옳았다. 다락방은 우리에게 너무나 소중하다. 왜냐하면 우리 위에 있는 다락방에 (따뜻한 향수를 느끼게 하는) 가구를 들여놓을 수 있기 때문이다!

다락방은 특별하다. 그곳은 지하실과는 다르다. 지하실은 우리를 땅과 가까운 곳으로 데려간다. 포도주 저장실은 지하실에 있으며, 그곳에서 바쿠스 신은 지상으로 올라간다. 반면에 다락방은 우리를 하늘로 올려준다. 다락방에서 놀면서 우리는 시간을 초월한 곳에 있는 자신을 발견한다. 우리의 현재는 과거가 되고, 동시에 과거의 미래로서 우리의 현재를 만난다. 그렇게 우리는 영원 속에 머문다.

다락방을 통해서 우리는 초월적인 존재가 된다. 실제로 우리는 일상을 살아가면서 무언가가 필요하고 부족할 때, 그리고 무언가를 원할 때, 다락방으로 들어가는 문을 열고 그곳으로 오르는 사다리를 끌어내린다. 고대에서 '초월'이라는 단어가 '올라감'을 뜻한다는 것을 당신은 알고 있는가? 다락방으로 가는 계단을 올라갈 때, 당신은 날마다 만나는 세계, 즉 부담감, 틀에 박힌 일, 기쁨, 불운, 깨어진 관계에서 벗어나 더 높은 곳으로 올라가 작은 마법을 발견한다.

그것이 초월의 아름다움이다. 초월할 때 우리는 어지러운 일상 위로 올라가서 신선함, 즉 시간과 삶에 대해 새로운 느낌을 얻을 수 있다.

종종 우리는 이런 초월이 반드시 필요한 것처럼 말한다.("나는 성당에 가야 해." 또는 "하루를 쉬어야 해.") 아니면 현실 속에서는 초월에 대한 소망을 이룰 수 없을 것처럼 말한다.("나는 정말 쉬어야 하지만 쉴 시간이 어디 있어?") 하지만 더욱 근본적인 차원에서 초월은 초대, 즉 부르는 것이다. 비 오는 날 다락방이 우리를 손짓해 부르는 것처럼 다른 어떤 것으로, 즉 일상의 단조로움보다 중요한 곳으로 단지 올라가라고 우리의 내면은 말한다.

얼마 전 나는 내가 일주일에 7일을 일하고 있다는 걸 깨달았다. 나는 그것을 절실히 느낄 수 있었다. 나는 내 일을 무척 좋아했기 때문에 일 자체는 전혀 문제가 안 됐지만, 내 영혼의 일부분이 닫혀 있고 짓눌려 있음이 느껴졌다. 나는 일에 대한 끝없는 중압감으로부터 벗어날 필요가 있었다. 끊임없이 이곳저곳으로 달려가서 예배를 주관하고, 설교를 하고, 모임에 참석하는 일에서 벗어나야 했다. 모임이 하나만 더 늘거나 한 사람만 더 나와 대화를 하려고 한다면 비명이라도 지를 것만 같았다. 나는 다락방으로 올라가야 했다.

그때 내가 다락방에 갔던 과정을 되짚어보면, 내면의 소리에 귀 기울이는 일에 대해 흥미로운 교훈을 얻을 수 있다. 노동절 주말이 눈앞에 다가오고 있었다. 일반적으로 예배와 라디오 프로그램 때문에 나는 주말에 시간을 내기가 무척 어렵다. 긴 노동절 주말을 앞둔 월요일, 방송국의 누군가가 나에게 전화를 걸어와 토요일 밤에 나의 〈당신이 생각하는 대로〉라는 프로그램 대신에 풋볼 중계방송을 할 예정이라고 알려주었다. 일요일 아침에도 시간이 비어 있었다. 〈전화를 통한 선교〉 프로그램도 계획이 잡혀 있지 않았기 때문이다.

화요일에 나는 〈평화의 성모 마리아〉라는 프로그램에서 델리 신부님에게 이번 주말에는 라디오 프로그램이 전혀 없다고 불쑥 말했다. 그러자 신부님이 말했다.

"그럼 이번 주말을 완전히 쉬는 게 어때요? 당신이 담당한 미사를 우리가 대신 하는 건 어렵지 않아요."

좋았어! 나는 마음속으로 소리쳤다.

이제 나는 시간을 갖고 있었지만 그 시간에 무엇을 한단 말인가? 나는 깊이 생각하고 나서 신에게 말했다.

"신이시여, 당신이 저에게 시간을 주었습니다. 제가 무엇을 하길 원하는지 알려주소서."

수요일, 목요일, 금요일이 그냥 지나갔다. 여전히 어떤 생각도 떠오르지 않았다. 나는 어떤 일이 일어날 것인지 기다려보기로 했다. 금요일 저녁 무렵에 나를 초대하는 두 통의 전화가 걸려왔다! 그런데 당시 상황에서 나는 하나의 초대만 받아들일 수 있었다. 이렇게 한 가지 초대를 거절하면서 나는 여유 시간을 갖게 된 것이다!

주말에 적당한 여유가 생기면서 나는 집을 청소하고, 책을 읽고, 고양이와 놀아줄 수 있었다. 또한 오랫동안 만나지 못했던 친구들과 즐거운 시간을 보낼 수 있었다. 더욱 기분이 좋았던 것은 생각하고 기도할 시간이 많았다는 것이다. 나는 내 일정과 삶에서 특별히 중요한 일들에 대해 많이 생각했다.

노동절은 훨씬 더 흥미로웠다. 정오 무렵 친구 하나가 나에게 전화를 걸어와 우리 둘이 함께 알고 있는 호보켄의 식당에서 점심을 먹자고 제안했다. 우리는 그곳까지 차를 몰고 갔지만 휴일이라서 식당 문이 굳게 닫혀 있었다. 우리는 다시 의기투합해서 한 시간 반을 더 운전해서 코네티컷 주 웨스트포드에 있는 식당까지 가기로 결심했다. 그런데 그 식당 역시 문이 닫혀 있었다. 우리는 실망하지 않고 소리쳤다.

"세 번째에 행운이 있으리라."

그러고는 계속해서 노르웍에 있는 또 다른 식당으로 갔다. 길을 가는 도중에 마치 하늘이 터진 것처럼 비바람이 몰아치면서 시골 땅을 흠뻑 적셨다. 우리는 어렵사리 식당에 도착하는 데 성공했다. 식당은 정말로 문이 열려 있었다. 하지만 주차장에서 식당까지 무슨 수로 비를 맞지 않고 갈 수 있단 말인가? 그때 마치 마법처럼 한 남자가 커다란 우산을 받쳐 들고 식당 앞에 나타나더니 우리 옆에 주차한 자동차로 뛰어왔다. 우리는 차 창문을 내리고 나서 그에게 우산을 빌려서 식당까지 쓰고 갈 수 있겠느냐고 물었다. 그가 말했다.

"물론이죠. 우산은 문 옆에 서 있는 빨간 머리 부인에게 주시면 됩니다."

그렇게 우리는 보송보송한 상태로 식당으로 들어갔을 뿐 아니라 우산을 원래 주인에게 가져다줄 수도 있었다. 식당에 들어간 우리는 맛있는 시골 음식을 마음껏 즐겼다. 클래식 음악의 선율과 비가 내리는 바깥 풍경을 감상하면서. 지금 생각해도 그보다 멋진 주말 계획은 세우기 힘들었을 것이다.

지금 내가 하는 이야기는 물론 초월을 특별한 시각으로 바라보는 것이다. 우리는 일반적으로 초월을 경험하려면 명상센터에 찾아가고, 차원 높은 생각을 하면서 오랜 시간을 보내야 한다고 생각한다. 실제로 그런 것들은 초월을 경험하기 위한 유익한 방법들이다. 하지만 근본적으로 초월은 어떤 상황에서도 일상의 삶을 넘어 영혼의 다락방으로 올라가는 것을 뜻한다.

다락방에 있으면 우리는 시간과 매우 특별한 관계를 갖는다. 어머니의 무도회 드레스를 발견한 순간 딸은 아이이면서 동시에 어른이 된다. 다락방의 표준시간 속에서는 과거와 현재, 미래가 하나가 된다.

우리의 영혼은 우리에게 초월할 것을 요구한다. 우리가 일상적인 삶에 너무 오랫동안 깊이 빠져 있을 때 영혼들은 소리를 지른다. 내가 노동절 전에 일주일 내내 그랬던 것들처럼. 우리의 영혼은 무엇이 최선인지 알고 있다. 내가 노동절 주말에 배운 것처럼 우리가 다락방으로 오르는 계단에 발을 올려놓을 때 영혼은 다락방으로 가는 여행에서 무엇을 해야 하는지 정확히 알고 있다.

하지만 우리가 일단 다락방에서 놀고 나면 영혼은 우리에게 돌아오라고 명령한다. 그것은 영혼의 매우 흥미로운 모습이다. 그들은 높은 곳에서 머무는 것을 정말 좋아하지만 지상으로 돌아왔을 때에만 진정으로 편안해한다. 이것은 사실 오래된 지혜의 일부분이다.

2,500년 전 플라톤은 사람들이 벽에 사슬로 묶여 있는 동굴에 대해 말했다. 그들 중의 하나가 사슬을 풀고 동굴을 떠나서 진리의 빛을 발견했다. 이데아의 세계에 대해 깊이 사색한 뒤에 그는 자신의 경험을 남들과 나누기 위해 동굴로 돌아갔다.

플라톤의 깨달은 사람은 수천 년 동안 사람들의 영혼에 깊은 울림을 주고 있다. 익숙한 것으로부터 멀어지는 시간은 굉장한 통찰력을 얻을 수 있는 때다. 그런 다음에 우리는 세상에서 새로운 모습으로 살아갈 수 있다. 예를 들면 이런 것이다. 장애인으로서 성공한 사업가가 된 린다는 이제 장애 아동들과 함께 일하는 꿈을 꾸고 있다. 상습적으로 음주운전을 하다가 십대 아이를 사망에 이르게 한 운전자에게 가벼운 처벌이 내려진 것에 분노한 부모들은 '음주운전을 반대하는 어머니 모임'을 만들었다. 예전에 나의 라디오 프로그램에 출연하기도 했던 멜리 제인 캐더스는 자기 자신이 뇌를 다친 뒤에 그런 부상을 입은 사람들을 돕기 위해 '삼위일체 재단'을 설립했다.

기독교도는 예수님이 십자가로 향하기 전에 최후의 만찬을 위해 높은 방으로 갔던 것을 기억한다. 말할 수 없이 다양한 시나리오를 가진 우리의 삶은 우리에게 사소한 것에서 벗어나 보편적인 곳에 있으라고 요구한다. 그런 다음에 우리에게 새로운 사명을 주어서 세상으로 돌려보낸다.

요즘에는 안타깝게도 많은 집에 다락방이 없다. 종종 우리를 무력하게 만드는 일상에서 벗어나기 위해 우리의 삶에는 높은 방이 필요하다. 영감으로 가득 차고 사명감을 가진 사람, 곧 세상에 차이를 가져다주는 사람으로 변화하기 위해 우리는 다락방이 필요하다. 그곳에 우리는 머물러야 한다. 다락방이 우리에게 손짓해서 상상과 환희, 희망으로 초대하는 것은 신이 은총을 내리는 것이다.

❧

영원과 초월의 영역, 곧 영혼의 다락방으로 들어갈 때 우리는 무엇을 경험할까? 신부이자 시인인 제라드 맨리 홉킨스는 '예수님이 수없이 많은 장소에서 활동하고 있으며' 영원을 나타내는 방법 또한 그만큼 많다는 것을 발견했다.

우리가 화가라면 영원한 아름다움을 생각하면서 토마스 아퀴

나스가 그것의 세 가지 특징을 멋지게 설명한 것을 떠올릴 것이다. 영원한 아름다움은 결함이 없고(완전하고), 조화롭고(모든 부분이 한 부분의 색조에 기여하고), 명료하다(선명하고 밝고 영혼에 가까이 있다). 우리가 화가라면 이런 세 가지 특징에 흥미를 갖고 주의를 집중할 것이다.

우리가 철학자라면 아름다움과 진리, 선 같은 영원한 성질에 관심을 가질 것이다. 또는 도덕적인 삶에서 영원함을 찾는다면, 우리는 가장 중요한 미덕들, 예를 들면 신중함, 정의, 인내, 절제 등을 선택할 것이다.

우리가 일상 속에서 고통을 겪는 시민이라면 평화의 본질에 더 자주 눈을 돌릴 것이다. 우리가 앤과 토드와 같다면 우리는 사랑의 본성을 부드러운 눈길로 바라보는 자신을 발견할 것이다. 이처럼 영원함에 다가가는 방법은 수없이 많다.

이 모든 것 뒤에는 신이 있다. 기독교와 유대교, 이슬람교의 신도들은 그분을 최상의 존재라고 부른다. 힌두교도들은 그분을 공(空)이라고 부른다. 불교도들은 신에 대해서 말하지 않지만, 궁극적인 행복의 상태인 니르바나(열반 : 옮긴이)에 대해 말한다. 우리 모두는 자신이 알고, 경험하고, 이름 붙일 수 있는 것들을 넘어선 이름을 이용하려고 애를 쓴다. 마크 트웨인은 신에게 이름을 붙이려는 일의 어려움을 포착하고서 이렇게 말했다.

"인도에는 200만이 넘는 신이 있으며 그들 모두를 숭배한다. 종교에 있어서는 대부분의 나라들이 가난한 반면에 인도만이 백만장자다."

몽테뉴는 또 다른 방법으로 그것을 묘사했다.

"어처구니없는 인간들이여. 그대는 벌레 한 마리도 만들 수 없으면서 수십 가지 신을 만드는구나."

예수님은 신을 '아버지'로 불렀으며, 자신이 죽기 전날 밤 안절부절못하면서 두려워하는 제자들에게 이런 말로 용기를 주었다.

"하느님을 믿고 또 나를 믿어라."(『요한복음』 14장 1절)

영혼의 다섯 번째 단계의 기쁨은 투쟁과 관련된 기쁨이며, 때로 우리는 온몸으로 무언가를 시도한다. 이 영혼의 단계에서 우리는 사슬에 묶인 플라톤의 죄수들처럼 날마다 우리를 묶어놓는 사슬들을 끊어버리는 법을 배운다. 그리고 영원하고 더없이 진실한 것에 대해 깊이 생각하는 법을 배운다. 미국의 시인 제임스 러셀 로웰은 말했다.

"마음은 자신의 생각의 고치 속에서 따스하게 스스로를 짤 수 있으며 그렇게 어디서나 은둔자로 존재한다."

영혼의 다락방에서 우리는 자유와 활력을 경험한다. 그것은 영원에 이르는 방법을 아는 사람들의 상징이다. 영원의 벌레가 당신을 물었을 때 어떻게 해야 하는지 알고 싶다면, 성경의 『시편』에 눈을 돌리라. 그곳에서 당신은 영혼이 영원 속에 머물면서 따스하게 자신의 꼬치를 짜는 것을 발견할 것이다.

"하느님, 나의 울부짖는 소리를 들으소서. 나의 기도를 귀담아 들으소서." (『시편』 61편)

"야훼께 감사 노래 불러라. 그는 어지시다. 그의 사랑 영원하시다."(『시편』 107편)

"야훼여, 당신께서는 나를 환히 아십니다. 내가 앉아도 아시고 서 있어도 아십니다. 멀리 있어도 당신은 내 생각을 꿰뚫어보시고, 걸어갈 때나 누웠을 때나 환히 아시고, 내 모든 행실을 당신은 매양 아십니다."(『시편』 139편)

이 구절들을 읽으면서 자신이 다락방에서 놀고 있는 아이라고 생각하라. 이 모자를 써보고, 저 코트를 입어보고, 오래된 그림과 연애편지를 찾아내면서 영원의 고양된 분위기 속에서 호흡하는 법을 배우라.

두려운 날에는 『시편』 140편을 읽어야 한다.

"야훼여, 악한 자의 손에서 나를 건져주소서. 횡포한 자의 손에서 나를 보호하소서."

지쳐 있는 저녁에는 『시편』 141편을 들춰보라.

"나의 기도 분향으로 받아주시고 치켜 든 손 저녁의 제물로 받아주소서."

상실감에 마음이 아플 때는 『시편』 23편이 도움이 된다.

"나 비록 음산한 죽음의 골짜기를 지날지라도 내 곁에 주님 계시오니 무서울 것 없어라."

시편은 다락방에 있는 낡은 가방과 같다. 보물로 가득 차 있어서 매번 놀라움을 안겨주기 때문이다.

❧

다락방의 지혜는 우리들 자신과 세상, 삶에 대해 많은 것을 가르쳐준다.

1. 우리의 영혼은 우리를 손짓해 불러서 덧없는 세계의 문지방을 넘어 영원의 세계로 인도한다.
2. 영원으로 가는 방법은 무수히 많다.
3. 우리는 자기 삶의 태피스트리를 넘어서 그것을 짜고 있는 존재를 찾으라는 요청을 받는다.
4. 영혼의 다락방에서 우리는 어떤 상황에서도 '은둔자로 살 수 있는' 능력을 갖고 있다.
5. 당신은 그렇게 할 수 있다. 다락방의 지혜는 수도원의 수도사만이 아니라 당신을 위한 것이다.

우리의 영혼은 우리를 손짓해 불러서 덧없는 세계의 문지방을 넘어 영원의 세계로 인도한다.

우리가 덧없는 세상에서 찾고 원하는 모든 것의 이면에는 그것을 정의하고 본질을 알려주는 추상적인 어떤 것이 존재한다. 이 영혼의 단계에서 우리는 그것을 직접 발견한다. 바로 거기에서 우리가 경험하거나 원하는 모든 것의 이면에 있는 것, 즉 우리의 삶이 만든 태피스트리의 이면에 존재하는 것에 접촉하기 때문이다. 지금 우리는 우리가 찾는 것의 본질을 보고 있다. 사실 우리는 실재의 본질을 찾고 있다.

다섯 번째 영혼의 단계는 우리가 성숙하는 중요한 단계다. 우리 대부분은 이유도 모른 채 어떤 것을 원하면서 삶의 대부분을 보낸다. 우리는 배우자를 원한다. 큰 집을 원한다. 남 보기에 그럴듯하고 수입이 좋은 직업을 원한다. 우리는 많은 돈을 원한다. 때로 우리는 이 모든 것을 갖거나 대부분을 갖지만, 여전히 무언가 모자라고 불행한 자신을 발견한다. 그렇다면 우리가 할 일은 스스로에게 이렇게 묻는 것이다.

"나는 근본적으로 무엇을 원하는 것일까?"

아마도 나는 안전을 원할 것이다. 사랑을 원할 것이다. 나 자신이 중요한 사람이라고 느끼기를 원할 것이다. 우리가 무언가를 원하는 데에는 언제나 이유가 있다. 그리고 우리의 영혼은 우리에게 그 이유를 묻는 데까지 나아가라고 요구한다.

그런 다음에 두 번째 단계가 온다. 내가 선택한 이유가 진정으로 내 삶을 이끌어가는 이유인지를 묻는 것이다. 예를 들어 자부심을 느끼게 해주기 때문에 많은 돈을 원한다는 걸 솔직히 인정한다면, 나는 신문을 보면서 많은 돈과 업적을 남기고 사망한 내 또래의 누군가의 기사에 눈길이 머물 것이다. 그 기사를 보면서 내가 진정으로 돈과 업적에 초점을 맞춰 삶을 살아야만 하는지를 생각할 것이다. 단지 그런 생각만으로도 나는 다섯 번째 영혼의 단계의 문지방을 넘어 내 삶 속에서 정말로 영원하고 지속적인 가치를 볼 것이다.

영원으로 가는 방법은 무수히 많다.

자신의 삶이 위기에 빠진 순간에 사람들은 종종 학교를 졸업한 뒤로 한 번도 보지 않았던 철학책과 신학책에 눈길을 돌릴 것이다. 혹은 진지한 문학책이나 종교에 관심을 가질 것이다. 그곳에서 그들은 진정으로 지속적인 것들을 붙잡을 방법을 발견한다. 우리가 이미 살펴본 것처럼 궁극적인 이상에 이름을 붙일 수 있는 방법은 많다.

하지만 그 모든 것들은 똑같은 질문으로 이어진다. 무엇이 진정 참다운 것인가? 그동안 나는 어처구니없고, 덧없고, 쓸모없는 것들에 몰두하지 않았을까? 나는 더 나은 것을 할 수 있을까? 더 나은 것을 하는 방법을 어떻게 알 수 있을까? 이렇게 묻고 나서 우리는 아름다움과 진리, 선함에 관심을 집중한다. 그리고 '성령의 아홉 가지 선물'이나 지속적인 것들에 이름을 붙이는 또 다른 방법에 집중한다. 그러고는 신에 대한 물음을 떠올릴 것이다. 이상과 미덕과 가치를 통해 신에게 이를 수 있는 방법을 물을 것이다.

내가 처음 대학교수가 되었을 때, 나처럼 젊지만 경험이 많은 한 교수님이 우연히 나에게 디트리히 본회퍼의 『감옥에서 온 편지와 논문』에 대해 말해주었다. 본회퍼가 삶을 다양한 소리가 어우러진 음악으로 생각했던 것은 지금도 잊히지 않는다. 삶에서 모든 음색과 조화를 이룰 수 있는 하나의 음색을 찾는 방법에 대해 그는 말했다. 감옥에서 본회퍼는 자신만의 다락방에 있으면서 엄청난 불의 앞에서 삶을 이해하려고 했으며, 1930년대와 40년대의 무서운 현실 속에서 신을 발견하려고 했다. 거의 같은 순간에 빅터 프랭클이라는 또 다른 죄수는 자기 민족이 배신을 당하는 상황 속에서 의미를 찾으려고 애를 썼다. 그는 니체의 다음과 같은 말을 생각해냈다.

"자신이 살아가는 이유를 아는 사람은 어떤 삶의 방식도 참아낼 수 있다."

영원은 어디서나 수많은 방식으로 우리에게 다가올 수 있다. 때로는 비극의 소용돌이 속에서도.

우리는 자기 삶의 태피스트리를 넘어서 그것을 짜고 있는 존재를 찾으라는 요청을 받는다.

결혼한 부부에게 이야기하거나 충고할 때마다 나는 의사소통의 기술이나 심리학적인 기법의 사용을 자제한다. 그러면서 그들을 영성과 신에 대한 대화의 장으로 안내한다. 이것이 그들의 문제와 실수, 죄와 잘못에 대해 그냥 넘어가거나 그들이 그것을 극복할 수 있는 방법에 대해 말하지 않는다는 뜻은 아니다. 그들이 오직 그런 것에만 집중하지 말고, 잠시 삶의 중심에 있는 것, 즉 신에게 집중하도록 한다는 뜻이다.

우리 사회는 결혼한 부부에게 그런 식으로 접근하기를 꺼려하는 듯하다. 그들의 결혼생활이 원만하든 그렇지 않든 말이다. 보통 우리는 믿음과 귀 기울이기와 용서에 대해 말할 것이다. 모두 좋은 말이다. 하지만 우리는 신에 대해서는 거의 말하지 않는다. 우리는 그들이 어떤 이유 때문에 하나가 되었다는 말은 거의 하지 않는다.

배우자의 결함은 성장과 행복의 걸림돌이 아니라 자신이(자신의 배우자가 아니라) 성장하는 데 필요한 부분을 정확히 알려주는 것이라고 말하지 않는다. 또한 그들이 이 세상에서 떠맡은 임무 중에는 배우자에 관한 것도 포함되어 있다고 말하지 않는다. 그 임무는 종종 매우 어렵고, 그것을 수행하기가 힘들 때는 포기하고 싶은 충동이 일어날 수도 있음을 말하지 않는다. 심지어 그들에게 성경을 읽게 해서 신이 인간을 신뢰한다는 사실을 보여주는 일조차 하지 않는다. 또한 인간이 끊임없이 신으로부터 멀어져 방황할지라도 신은 인간을 변함없이 믿는다는 사실을 보여주지 않는다.

하지만 다른 어떤 것보다 결혼생활 속에서 사람들은 신에 대해 알 필요가 있다. 또한 신을 친밀하게 느끼면서 자신이 속한 인간이 신의 모습으로 만들어졌음을 깨달을 필요가 있다. 결혼생활의 태피스트리를 끔찍하고 부정적으로 볼 때, 그들은 인간에 대한 신의 신뢰에 집중함으로써 태피스트리를 아름다운 모양으로 다시 짤 수 있음을 알아야 한다.

나는 사람들에게 『요한복음』 14장에 대해 깊이 생각해보라고 말한다. 결혼생활에서 새로운 불꽃을 발견할 수 있기 때문이다. 예수님은 말했다.

"내가 너희를 위해 장소를 준비할 것이다."(『요한복음』 14장 2절)

내가 결혼한 부부에게 물었다.

"자신의 특별한 장소를 발견하길 원하십니까?"

그들이 고개를 끄덕였다.

"그러면 배우자의 눈을 들여다보십시오."

신을 발견할 때 우리는 모든 걸 발견한다. 즉 모든 것의 존재 이유와 모든 것을 평가하고 다루는 방법을 발견한다. 신의 지혜는 우리의 다락방에 있는 지혜다.

영혼의 다락방에서 우리는 어떤 상황에서도 '은둔자로 살 수 있는' 능력을 갖고 있다.

대부분의 사람들이 너무 바빠서 기도와 명상, 영혼에 관심을 기울일 시간이 없다고 생각한다. 제임스 러셀 로웰(미국의 시인 · 비평가 : 옮긴이)은 이런 생각을 반박하면서 우리가 언제 어디서나 내면에 관심을 가질 수 있다고 주장한다. 물론 특별한 시간을 가질 필요가 없는 것은 아니다. 다시 말해 우리에겐 안식일과 종교적인 기념일, 기도를 위한 특별한 시간들이 필요하다. 실제로 우리는 그런 시간들을 이용한다.

하지만 이런 날들은 우리가 반드시 지키기 위해 존재하는 것이 아니다. 특정한 날을 정해서 우리가 내면으로 눈길을 돌리는 습관을 기르게 하려고 만들어진 것이다. 우리는 일주일에 하루만 만나고 다른 날에는 전혀 대화를 나누지 않는 친구를 가질 수 있다. 하지만 우리와 신과의 관계는 그렇지 않다. 성경은 신과 우리의 관계가 서약의 관계라는 것을 되풀이해서 말한다.

서약은 우리가 이해하기 힘든 개념이다. 왜냐하면 우리는 계약이라는 개념에 익숙하기 때문이다. 계약을 통해서 우리는 일정 기간에 하나를 다른 하나와 교환하는 데 동의한다.(보통 돈을 받고 서비스를 제공한다.) 그리고 3년 뒤에 끝나는 식으로 계약을 맺는다.

서약은 다르다. 서약은 사람과 사람, 가슴과 가슴 사이의 약속이고, 일정한 시간이 아니라 영원히 맺어지는 관계다. 서약은 하루 24시간, 일주일 내내 사랑할 것을 굳게 맹세하는 것이다. 서약은 한 사람이 상대방에게 줄 것이 없을 때에도 여전히 유효하다. 성경은 신과 인간의 관계가 계약이 아니라 서약이라고 되풀이해서 말한다. 거기에는 취소 조항이 없으며 휴일도 없다. 성경은 우리가 약속에 충실하지 않을 때에도 신은 여전히 충실히 약속을 지킨다고 말한다. 또한 신이 우리를 버렸다고 느낄 때조차도 서약에 충실하라고 우리에게 요구한다.

이 서약은 신과 우리의 본질 때문에 존재한다. 다섯 번째 영혼의 단계가 전하는 메시지는 우리들 각자가 신과 하나가 되기 위해 만들어졌다는 것이다. 또한 신에게 눈길을 돌리지 않고 신과 서약의 관계를 맺지 않을 때 우리는 그만큼 불완전해진다는 것이다. 우리가 흔들림 없이 신을 바라보고, 지속적이고 영원한 가치와 이상을 추구하는 한 우리는 바람직한 일을 하고, 바람직한 삶을 사는 것이다.

다섯 번째 영혼의 단계에서 서약에 대한 생각은 중요하다. 앞에서 우리는 문지방을 넘어서 다락방의 지혜로 들어간다고 말했었다. 일부 사람들에게는 힌두교의 '사토리'(satori)라는 개념이 익숙할 것이다. 사토리 역시 문지방을 넘어선다는 의미를 지니고 있다. 당신은 집 안과 밖에 동시에 있을 수 없다. 집에 들어가려면 당신은 문지방을 넘어가야 한다. 지난날 중요하게 여겼던 덧없는 가치들과 목표를 버리고, 그 이면에 놓인 영원한 가치와 신을 보기 시작할 때 우리는 더 이상 과거와 같지 않다.

우리는 영혼의 눈으로 이상을 보았던 것을 잊어버리고 일상의 유혹에 다시 빠질지도 모른다. 탕자처럼 자신이 받을 유산이 어딘가에 있다는 환상을 가지고 집을 떠난다. 그러고는 다시 돌아올 수 있는 길을 찾으려고 애를 쓴다. 탕자처럼 우리는 집이 어디 있는지 알고 있다. 왜냐하면 우리는 한때 그 집에서 살았기 때문이다. 이것이 서약이 하는 일이다. 서약은 당신을 영원히 바꿔놓는다. 한번 영원의 빛을 쬐고 나면, 집을 떠나더라도 당신은 절대로 과거의 자신이 아니다. 영원의 빛은 언제나 당신 안에서 빛나면서 그곳으로 돌아오라고 당신을 부른다. 서약 속에서 당신은 다시는 홀로 있지 않는다.

탕자처럼 지금 어디에 있든 우리는 집으로 돌아오는 여행을 할 수 있다. 우리는 수도원이나 심지어 조용한 장소에 있을 필요가 없다. 우리는 설거지가 쌓여 있고, 배고파 우는 아이와 까다로운 상사가 버티고 있으며, 저녁마다 통근버스를 타고 가야 하는 집으로 돌아올 수 있다. 이미 말했듯이 당신의 영혼은 당신이 있는 곳에 있다. 당신은 어디서나 그것을 발견할 수 있다.

당신은 그렇게 할 수 있다. 다락방의 지혜는 수도원의 수도사만이 아니라 당신을 위한 것이다.

다락방의 지혜를 얻는 영혼의 단계는 '훈련받은 종교인'이나 '전문가', '영적인 경험을 가진 사람들'만을 위한 것이 아니다. 우리들 각자는 영원한 진리와 가치의 빛을 쪼이라는 요구를 받는다. '우리의 눈은 영혼으로 가는 창문'이라는 표현은 영적인 삶과 다락방의 지혜가 우리 모두를 위해 존재한다고 말하고 있다.

다락방의 지혜는 또한 복잡하지 않다. "이 상황에서 내가 진정으로 원하는 것이 무엇인가?"라고 스스로에게 물을 때, 그리고 자신이 진정으로 원하는 것은 눈에 보이는 물질이 아니라 영원하고 영적인 것임을 차츰 깨닫기 시작할 때, 당신은 어딘가에 도착하고 있는 것이다.

당신은 그렇게 할 수 있다. 다락방의 지혜는 당신의 손길이 닿지 않는 곳에 있지 않다. 그것을 얻는 데 많은 시간이 필요한 것도 아니다. 복잡한 도구도 필요치 않다. 당신의 자발적인 의지만이 다락방의 문을 여는 열쇠다.

"나는 인간의 뇌가 비어 있는 작은 다락방과 같다고 생각한다.
따라서 당신은 자신이 선택한 가구들을 그곳에 들여놓아야 한다."

— 셜록 홈스

STAGE 6

떠나온 세계로 돌아가다

우리가 영원의 세계에 머물기를 원하는 만큼 우리의 세계로 돌아가려는 충동 또한 존재한다. 조만간 우리는 계단을 내려와 다락방에서 거실로 돌아와야 한다. 그렇게 돌아갈 때, 당신은 세상과 영원 사이에 다리를 놓는 법을 발견하고 세상에 봉사하게 된다.

일단 다락방에 들어가면 당신은 다시는 나오고 싶지 않은 유혹을 느낄 것이다. 당신은 그곳에 작은 둥지를 만들고 나서 편안히 앉아 있고, 명상을 하고, 즐겁게 지낼 수 있다. 나는 이그나티우스 로욜라 성인처럼 수도원에서 한 달 동안 수행했던 때를 기억한다. 미주리 주의 플로리전트에 있는 성 스타니슬라오 신학교의 드넓은 캠퍼스와 뉴욕의 콘월에 있는 명상센터의 아름다운 가을 풍경 모두 나에게 더없이 멋진 수행의 시간을 가져다주었다.

물론 그 시간이 완벽했던 것은 아니었다. 어떤 날들은 지루하게만 느껴졌고, 수행자들은 하나같이 심각한 삶의 문제에 직면해 있었다. 하지만 그때는 정지된 화면과 같은 시절이었다. 미주리 주 동부와 허드슨 계곡에는 똑같이 아름다운 가을이 펼쳐져 있었다. 시원한 바람이 불고 다채로운 색깔의 잎사귀들이 나무에 매달려 있었다. 우리는 하루 종일 침묵 속에서 명상을 하고 산책을 하면서 일과 대화에서 저 멀리 떨어져 있었다. 우리는 한 달 내내 영원함에 대해 깊이 사색했다.

명상센터의 관계자들은 지혜롭게도 이런 경험을 한 우리에게 세상에 돌아가기 전에 일종의 유예 기간을 갖도록 했다. 다른 사람들은 어땠는지 모르지만, 적어도 나는 그곳에서 영원히 머물 수 있을 것 같았다. 냉혹한 일상의 세계로 곧장 뛰어든다면 너무나 끔찍할 것 같았다. 어쨌든 우리는 유예 기간 동안 한 달 전에 떠나온 세계로 반드시 돌아가야 한다는 사실을 순순히 받아들였다. 우리는 영적인 다락방에 계속 머물러 있을 수 없었다.

현대 심리학에 따르면 남자들은 자신의 삶을 지탱하고 이해하기 위해 다락방이나 동굴을 만드는 존재라고 한다. 그것이 진실인지는 나도 모른다. 여자들 또한 피곤한 날들로부터 단절된 자신만의 둥지와 피난처, 조용한 구석이 필요하다. 우리 모두는 휴식을 취할 장소가 필요하지만, 동시에 다시 돌아가야만 한다.

돌아가는 것은 어려운 일이며, 그것은 고전에서도 확인할 수 있다. 쿠메의 여자 마법사는 저승을 찾아가려고 준비하는 아이네이아스에게 이렇게 경고했다.

"지옥으로 내려가기는 쉽다. 하지만 자신의 발자국을 되밟아서 공기가 있는 위로 올라오는 것은 어렵고도 힘겨운 일이다."

오디세우스는 전쟁이 끝난 뒤에 집으로 돌아가는 긴 여행이 남아 있음을 발견했다. 소설가 토머스 울프는 절대로 집으로 돌아갈 수 없다는 것을 이렇게 표현했다.

"그대, 다시는 집으로 돌아가지 못하리."

하지만 우리가 영원의 세계에 머물기를 원하는 만큼 우리의 세계로 돌아가려는 충동 또한 존재한다. 조만간 우리는 계단을 내려와 다락방에서 거실로 돌아와야 한다.

우리가 자신의 영혼을 발견하고 다락방의 지혜가 전해주는 가능성을 보고 나면, 그것은 기억에서 지워지지 않는다. 우리가 예전처럼 사물을 일상적인 시각으로 볼 수 없다고 말하는 것은 완전한 진실이 아니다. 하지만 영성에 대한 체험이 우리들 자신을 일깨우면서 언제나 존재한다는 것은 진실이다. 그 경험 덕분에 삶에 대한 걱정과 근심에 압도될 때 우리는 영적인 자각으로 돌아가라는 소리를 들을 수 있다. 이처럼 우리를 일깨워주는 경험을 통해 우리는 오로지 영적인 삶을 살기를 원할 수 있다.

우리의 영혼은 우리를 위로 끌어올리지만, 반드시 우리를 일상의 삶으로 돌아가게 한다. 영원한 생각 속에서 안정감을 찾았던 플라톤이 말하는 철학자는 다시 동굴로 돌아가 예전의 동료들에게 자신이 발견한 세상에 대해 말해주어야 하는 운명이었다. 하지만 그 일에는 운명과 비극이 동시에 포함되어 있다. 죄수들은 그의 이야기를 듣기는커녕 그를 처형하려고 했다. 그때 플라톤은 가르침을 통해 아테네의 젊은이들을 타락시켰다는 혐의로 처형된 존경하는 스승 소크라테스를 떠올릴 수 있었을까?

이런 상황은 진실한 것이다. 앞에서 살펴본 것처럼 심오한 영성의 추구는 평화의 추구이고, 지속적인 평화를 가져다주는 영성으로 들어갈 때 우리의 삶은 변화할 수 있다. 하지만 그때 영혼은 어려운 요구를 한다. 영혼의 마법을 경험한 다음에 우리는 우리가 떠나온 세계로 돌아가라는 요청을 받는다. 즉 일상의 삶으로 돌아가서 그곳에서 영적으로 살라는 것이다. 어쨌든 영혼이 자신

1. 우리의 영혼은 영원한 생각의 빛을 쪼이기를 좋아하지만, 우리가 배운 것을 실천하기 위해 세상으로 돌아가라고 강하게 요구한다.
2. 세상으로 돌아오는 이유는 언제나 봉사하기 위함이다.
3. 영적인 삶에 장애가 되는 가장 큰 유혹은 우리가 봉사하기 위해서가 아니라 봉사받기 위해서 이 세상에 왔다고 생각하는 것이다.
4. 세상으로 돌아오는 것은 종종 '행동의 열매를 맛보지 못하더라도 행동하는 것'을 뜻한다.
5. 세상으로 돌아올 때, 우리는 자신이 지구에서 실천해야 할 어떤 임무나 목적을 갖고 있음을 느낀다.

이 떠나온 세계로 돌아가지 않는다면 영적인 삶은 불완전하다.

그 세계로 우리를 돌려보내면서 영혼은 우리에게 중요한 교훈들을 많이 가르쳐준다.

우리의 영혼은 영원한 생각의 빛을 쪼이기를 좋아하지만, 우리가 배운 것을 실천하기 위해 세상으로 돌아가라고 강력하게 요구한다.

크리스 벨은 뉴욕 시에 있는 '서약의 집'에서 일하는 훌륭한 청년이었다. 서약의 집은 가출한 문제 청소년들 사이에서 잘 알려진 시설이다. 크리스는 남다른 열정과 아이들에 대한 관대한 마음을 갖고 있었다. 크리스가 부모님으로부터 받은 부츠를 신발이 없는 아이에게 주는 걸 직접 보았다는 사람도 있었다. 크리스는 그런 청년이었다.

'서약의 집'에서 일하면서 크리스는 마음이 괴로웠다. 임신한 채 그곳에 들어와서 뱃속의 아이를 낙태하는 십대 소녀들을 너무 많이 보았기 때문이다. 그 소녀들과 이야기를 나누면서 우리 사회가 너무나 쉽게 소녀들에게 낙태를 강요하고, 그 외에는 선택의 여지가 없도록 만든다는 것을 알고서 크리스는 당황했다. 너무나 짧은 삶을 살다 가는 무기력한 생명들과 소녀들이 받는 심리적인 충격을 생각하면 가슴이 찢어지는 것 같았다.

대학 시절 이래로 크리스의 '다락방'은 개인적으로 기도하는 일과 지혜로운 베네딕트 그로셀 신부의 도움을 받는 것이었다. 매주 크리스는 젊은 엄마들과 세상에 태어나지 못한 아기들을 위해 기도했다. 그는 너무나 많은 생명들이 참혹하게 스러져가는 현실에 점점 화가 났다. 한 주도 거르지 않고 그는 베네딕트 신부에게 가서 미친 듯이 소리쳤다.

"사회가 어떻게 이런 일을 방치할 수 있죠? 우리가 어떻게 여자들과 아이들에게 그런 짓을 할 수 있는 거죠?"

어느 날, 베네딕트 신부의 말 한마디를 통해 크리스는 자신의 다락방에서 내려오고 삶의 방향을 바꿀 수 있었다. 언제나처럼 크리스가 소리를 지르고 불평하는 것을 듣고 난 뒤에 베네딕트 신부는 앞에 앉아 있는 젊은이의 눈을 뚫어지게 바라보았다. 그러고는 이렇게 말했다.

"크리스, 이 문제가 그렇게 불만스럽다면 왜 아무런 행동도 하지 않는 거지?"

이 간단한 물음은 크리스의 삶의 중심을 흔들어놓기에 충분했다. 그는 정말로 행동에 나서서 '다정한 상담소'를 뉴저지에 있는 호보켄에 처음으로 세웠다. 미혼모들이 아이를 낳을 준비를 하는 동안 머물 수 있는 장소를 마련한 것이다. 그곳에서 여성들은 앞으로 태어날 아이들을 보살피기 위해 1년에 걸쳐 부모의 역할을 배우고, 상담을 받고, 다양한 직업 교육을 받을 수 있었다.

그것이 15년 전의 일이다. 지금 뉴욕과 뉴저지 주, 코네티컷 주에는 크리스와 헌신적인 직원들이 운영하는 '다정한 상담소'가 많이 세워져 있다. 수많은 여성들이 구원을 받았고, 한 청년의 헌신적인 노력에 감사를 표했다. 혼자서 기도하고 불평하는 다락방에서 내려와서 완전히 새로운 방법으로 세상에 다가가라는 영혼의 요구를 받아들인 그 청년에게 여성들은 말할 수 없이 감사했다!

세상으로 돌아오는 이유는 언제나 봉사하기 위함이다.

영혼의 임무와 목적은 영원의 세계와 우리가 살고 있는 일상 세계를 연결하는 것이다. 영혼은 우리가 세상의 시민으로서 살아가는 한계에서 벗어나 내면의 왕국의 시민으로서 일정한 시간을 보낼 수 있게 해준다. 그런 다음에 예전의 세계로 돌아가도록 우리를 인도하고, 그곳으로 가는 다리를 놓으라고 말한다.

어느 일요일의 이른 아침, 나는 WABC 라디오의 주조종실에 앉아서 〈전화를 통한 선교〉를 방송하기에 앞서 배달된 우편물을 읽고 있었다. 그러다가 안투아넷 보스코가 쓴 『멍든 마음, 고통을 통해 평화를 발견하기』라는 책을 소개하는 전단을 보았다. 하지만 솔직히 나는 그것을 옆으로 밀어놓고 한동안 잊고 있었다.

1년 뒤 나는 프랭크 드 로사가 진행하는 텔레비전 프로그램인 〈관점〉에 게스트로 참여하기 위해 롱아일랜드에 있는 텔리케어 스튜디오에 도착했다. 내가 자료실로 걸어 들어가자 프랭크가 나에게 인사를 건네면서 안투아넷을 소개해주었다. 그녀 또한 프로그램에 참석해서 자신의 새 책 『우연의 일치』에 대해 이야기하기로 되어 있었던 것이다. 그 '우연한' 만남을 통해 안투아넷과 나는 친구가 되었고, 그녀는 가슴 아픈 일들을 통해 자신의 임무를 깨달았던 놀라운 이야기를 나에게 들려주었다.

그녀의 가슴 아픈 사연을 듣는다면 당신은 아마 숨을 쉬기조차 힘들 것이다. 그 이야기 속에는 힘들었던 결혼생활과 이혼, 아들 부부가 비극적으로 살해당한 일, 그리고 또 다른 아들의 자살이 담겨 있었다. 그녀의 이야기를 들으면서 나는 어떻게 한 사람이 이처럼 엄청난 비극을 견뎌낼 수 있었는지 궁금했다.

안투아넷은 분명히 다락방에서 시간을 보내면서 삶과 사랑 그리고 자신에게 일어난 일에 대해 깊이 생각했을 것이다. 주목할 만한 것은 그녀의 영혼이 그녀에게 다시 삶으로 돌아가라고 끊임없이 말하고, 그녀에게 일어난 일들을 긍정적으로 받아들이라고 요구했다는 것이다. 그녀는 자신처럼 별거와 이혼의 고통을 겪은 사람들을 위로하고 지원하기 위해 그런 처지에 놓인 가톨릭 신자들을 위한 모임을 자신의 지역에서 시작했다.

별거 중이거나 이혼한 가톨릭교도들은 종종 고립감이나 분노, 좌절감 같은 특별한 감정을 느낀다. 안타깝게도 그들 중 많은 사람들이 잘못된 생각을 갖고서 자신들은 더 이상 적극적인 신앙인이 될 수 없다고 믿는다. 이혼한 엄마가 되었던 경험을 떠올리면서 안투아넷은 자신과 같은 사람들이 서로 만나서 대화를 나누고, 신으로부터 위로를 받고, 교회의 지원 속에서 흩어진 삶의 조각들을 모을 수 있는 장소를 만들기로 결심했다.

얼마 후 더욱 기가 막힌 일이 일어났다. 두 아들과 며느리를 잃는 엄청난 비극이 그녀에게 일어난 것이다. 하지만 이때에도 안투아넷은 결코 포기하지 말고 밖으로 나가라는 자기 영혼의 목소리를 들었다. 사랑하는 사람들을 떠나보내는 고통을 겪은 사람들을 돕기 위해 그녀는 자신의 이야기를 들려주기로 마음먹었다. 지금 그녀는 재능 있는 저널리스트이자 작가가 되어서 강연을 하고 있다. 또한 라디오와 텔레비전 프로그램에 출연해서 자기 삶에 희망이 없다고 생각하는 많은 이들에게 따뜻한 마음을 나눠주고 있다. 언젠가 안투아넷이 나에게 말했다.

"때로는 신에게 굉장히 화가 나기도 해요. 하지만 전 신이 믿을 수 있는 분이란 걸 알았어요. 신의 인도를 이해하지 못하고, 그분이 인도하는 방향에 동의하지 않을 때에도 저는 신의 손을 잡을 수 있어요. 그리고 더 말할 게 있어요. 시간이 흐르면서 제

두 아들과 며느리가 남긴 유산에 대해 생각할 필요가 있다는 걸 발견했어요. 그리고 제 삶을 그들의 유산으로 만들겠다고 결심했어요.

저는 글을 쓰거나 제가 할 수 있는 또 다른 방법으로 고통을 겪는 사람들이 자신의 삶을 이해하고 희망을 갖도록 할 거예요. 그것이 제가 자식들을 위해 남기고 싶은 유산이에요. 자식들과 저 자신의 이야기를 이용해서 남들을 도움으로써 지난 일을 의미 있게 만들어야 해요."

안투아넷 보스코는 신과 평화를 이루는 것만으로는 충분하지 않았다. 깊은 내면에서 그녀 자신과 자신이 사랑한 사람들을 잔인하게 다루었던 세상으로 돌아가 봉사할 필요가 있었다.

영적인 삶에 장애가 되는 가장 큰 유혹은 우리가 봉사하기 위해서가 아니라 봉사받기 위해서 이 세상에 왔다고 생각하는 것이다.

봉사는 여섯 번째 영혼의 단계의 열쇠다. 영혼은 당신이 떠나온 세계로 당신을 다시 데려다준다. 그렇게 돌아갈 때, 당신은 세상과 영원 사이에 다리를 놓는 법을 발견하고 세상에 봉사하게 된다. 영혼이 세상에서 자신의 목적을 성취하려면 봉사가 반드시 필요하다. 우리는 두 가지 방법으로 다락방에서 벗어난다. 하나는 남들에게 봉사하는 것이고, 다른 하나는 자신이 봉사를 받아야 한다고 요구하는 것이다.

자신이 바라던 지위로 올라가면, 우리는 스스로를 특별한 존경과 명예를 얻을 만한 가치가 있는 사람으로 여기기 쉽다. 다락방에서 나가는 두 번째 유형의 출구는 비극적이다. 왜냐하면 그것이 영혼의 발전을 가로막기 때문이다. 이때 에고가 밀고 들어오면서 자신이 관심의 중심이 되어야 하고, 온 세상이 자신에게 관심을 기울여야 한다고 요구한다. 자신을 전문가나 이상주의자, 신성한 존재라고 내세우면서 남들이 갖지 못한 증명서나 특별한 지식을 갖고 있다고 주장하는 사람들을 당신은 틀림없이 보았을 것이다.

살다 보면 자신이 '누구보다 중요하다'고 생각하면서 남들이 자기 뜻에 따라야 한다고 믿는 사람들을 만나게 된다. 나 역시 가끔 그렇게 행동했는데, 나 자신을 바보로 만든 것 외에는 아무것도 얻은 게 없었다. 수십 년 전 아버지는 그것에 대해 나에게 정말 훌륭한 교훈을 들려주셨다.

"아들아, 내가 나 자신을 분수에 넘치는 높은 곳에 올려놓을 때마다, 삶은 언제나 나를 적당한 크기로 깎아내렸다."

가장 일반적인 진리를 말한다면, 우리는 남들로부터 봉사받기 위해 이곳에 있지 않다는 것이다. 또한 자기 자신을 높이려고 우리가 이곳에 있는 것도 아니다. 이와 같이 생각하지 않는다면, 우리는 처음 출발한 곳, 곧 길을 잃은 영혼으로 돌아가는 일등급 차표를 얻을 것이다. 위대한 종교의 예언자들은 공통된 생각을 갖고 있었다. 진정으로 위대해지고 싶은 사람은 다른 사람을 섬겨야 한다는 것이다.

영혼은 자신에게만 관심을 가져야 한다는 에고의 주장을 받아들일 수 없다. 『바가바드 기타』에서 크리슈나 신은 아르주나에게 그가 원하든 원치 않든 전쟁터로 떠나야 한다고 말했다. 그것이 그의 의무이고, 그는 무언가를 얻는 것과 상관없이 봉사해야 하기 때문이었다. 복음서에서 베드로가 예수님에게 고통 받는 모습이 당신의 위엄을 해친다고 말했을 때 예수님은 그것이 당치 않은 말이라고 반박했다.

히브리 성경에 있는 『판관기』에는 나무들이 자신들의 왕을 선출하는 상황과 관련된 재미있는 이야기가 나온다. 그 일화는 에고와 영적인 봉사의 차이를 훌륭하게 표현하고 있다. 다른 나무들이 올리브 나무에게 다가가 자신들의 왕이 되어달라고 부탁하자 그는 이렇게 대답했다.

"기껏 나무들을 다스리기 위해 신과 인간이 모두 존경하는 나의 기름을 포기하란 말인가?"

나무들이 무화과 나무에게 다가가서 부탁하자 그는 이렇게 말했다.

"기껏 나무들을 다스리기 위해 너무나 멋있고 달콤한 내 열매를 포기하란 말인가?"

이번에는 포도나무에게 가서 말하자 그는 이렇게 대답했다.

"기껏 나무들을 다스리기 위해 신과 인간을 모두 즐겁게 해주는 내 포도주를 포기하란 말인가?"

오로지 가시덤불만이 제안을 받아들이면서 이렇게 말했다.

"이리 와서 내 그늘 속에서 쉬세요."(『판관기』 9장 9-15)

남들에게 봉사하기보다 봉사를 받으려는 유혹은 너무나 크다. 우리 모두가 그것의 피해자가 될 수 있다. 슈퍼마켓에서, 주유소에서, 계산 카운터에서, 의사의 진찰실에서, 심지어는 성당에서 우리는 봉사 정신이 부족한 모습을 너무나 자주 발견한다. 우리는 모두 피곤해진다. 그리고 왜 우리가 여기에 있는지 잊어버린다. 하지만 그렇게 행동할 때 우리는 행복해질 수 없다.

영혼은 봉사받는 게 아니라 봉사하기 위해 우리가 여기에 있다고 말한다. 우리는 세상에 영원한 어떤 것을 주기 위해 이곳에 있는 것이다. 우리가 그렇게 하지 않으면 세상과 그곳을 채우고 있는 영혼들이 자신의 존재 의미를 쉽게 발견하지 못하고, 여행의 목적 또한 이루지 못할 것이다.

세상으로 돌아오는 것은 종종 '행동의 열매를 맛보지 못하더라도 행동하는 것'을 뜻한다.

봉사는 모호한 것이다. 그것이 영적인 봉사인지 아닌지를 시험하는 한 가지는 어떤 보상도 없는 것처럼 보일 때도 계속해서 봉사할 수 있느냐는 것이다. 신부로서 나는 한때 병원의 '뒤편'으로 알려진 곳으로 가서 심각한 장애를 갖고 태어난 아이들을 방문해 달라는 부탁을 받곤 한다. 내가 그처럼 사랑스런 아이들을 가끔 찾아가는 것은 별로 영웅적이라고 볼 수 없다.

하지만 부모조차 버리고 간 아이들을 변함없이 사랑하는 의사와 간호사, 자원봉사자들의 행동은 참으로 영웅적이다. 날마다 그들은 아이들을 목욕시키고, 먹이고, 사랑하지만 아이들은 어떤 반응도 보이지 않는 경우가 보통이다. 하지만 그들에게 그것은 중요하지 않은 듯하다. 그곳에선 누구나 사랑을 느낄 수 있다. "행동의 열매를 맛보지 못하더라도 행동하라"라는 『기타』의 유명한 경구를 생각할 때마다 나는 날마다 사랑을 주면서 다른 삶은 꿈도 꾸지 않는 그 병원의 헌신적인 영혼들을 떠올린다.

때로 사랑은 천천히 오거나 매우 오랜 시간이 흐른 뒤에 돌아온다. 최근에 나는 평소에 친하게 지내는 레이먼드 다이크만 수녀와 리타 레드먼드 수녀와 이야기를 나누었다. 이분들은 캔자스주 파올라 출신의 우르술라회 수녀(환자의 간호와 교육을 담당하는

수녀 : 옮긴이)들이었다. 이 수녀님들이 캔자스시티의 비숍 미즈 고등학교에서 나에게 라틴어와 영어를 가르쳐주었으며, 그 이후로 내 삶의 모델이 되었을 뿐 아니라 나의 친한 친구가 되어주었다.

나와 대화를 나누던 중에 리타 수녀는 예전에 수녀원 주방에서 접시를 나르다 넘어졌을 때의 일에 대해 말해주었다. 심한 상처가 나고, 여러 군데 뼈가 부러진 채로 리타 수녀는 급히 근처의 병원 응급실로 실려갔다. 몇 시간 뒤에 나타난 수녀는 온몸에 붕대를 감고 곳곳이 시퍼렇게 멍이 들어서 무척 고통스런 모습이었다. 리타 수녀가 대기실 의자에 앉아 있는 동안 또 다른 수녀가 주차장에 세워둔 자동차를 가지러 갔다. 리타 수녀는 그때를 이렇게 회상했다.

"내가 자리에 앉아서 기다리고 있는데 회색 머리를 어깨까지 늘어뜨린 중년 남자가 눈에 띄었어요. 그 남자가 나를 보더니 내 쪽으로 다가오더군요. 그러고는 '혹시 우르술라회 수녀님이 아니세요?' 하고 물었어요. 저는 '네, 그런데요.' 하고 대답하면서 그가 누군가 궁금했어요. '저는 비숍 미즈 고등학교에 다녔습니다.' 하고 말하면서 그는 자신의 이름을 말했어요. 저는 그를 기억해내고는 그가 1년 정도 우리 학교에 다닌 것 같다는 생각이 들었어요. 그가 계속해서 말했어요.

'제가 그 학교에 다닐 때 저를 도와준 사람이 세 분 있었어요.

그분들은 제가 저 자신을 괜찮은 사람으로 생각하고, 세상에 나눠줄 것이 있는 사람으로 믿게 해주었어요. 전에 저는 그런 생각은 전혀 해본 적이 없었죠. 교장이었던 설리번 신부님과 과학교사이면서 풋볼 코치였던 프레이저 선생님, 그리고 드 루르드 수녀님을 영원히 잊지 못할 겁니다.'"

여기서 말해둘 것은 1960년대 가톨릭교회에 변화가 생긴 뒤에는 많은 수녀들이 몇 년 전에 받은 세례명 대신에 다시 자신의 이름을 사용했다는 것이다. 그날 밤 응급실에서 리타 수녀에게 다가간 남자는 붕대를 칭칭 감은 수녀가 사실은 고등학교 시절 드 루르드 수녀라는 것을 알아차리지 못했다. 남자는 자기 자신을 특별한 사람으로 생각하게 해주었던 수녀가 바로 앞에 있다는 사실을 몰랐다.

리타 수녀가 나에게 말했다.

"저는 아무 말도 하지 않았어요. 하지만 틀림없이 제 눈이 잠깐 반짝였을 거예요. 그가 저에게 '수녀님이 바로 드 루르드 수녀님이군요.'라고 말했거든요. 저는 그렇다는 뜻으로 고개를 끄덕였어요. 그가 나에게 다가오더니 몸을 숙이고 내 뺨에 입을 맞췄어요. 그때 밖으로 나갔던 수녀님이 자동차를 병원 앞에 세워놓았고, 그는 저를 부축해서 차에 타는 것을 도와주었어요."

나는 40년 전 고등학교 시절부터 리타 수녀와 레이먼드 수녀에 대해 알고 있었다. 그분들은 교사로서 열심히 일하고, 자신의 모든 걸 바쳤지만 학생인 우리로부터 받은 것이 거의 없었다. 리타 수녀는 그 남자의 삶에 영향을 미친 지 거의 30년이 지난 뒤에야 사랑의 힘을 증명해주는 훌륭한 상을 받은 것이다. 그는 응급실에 나타나서 수녀를 발견하고 진정으로 감사하는 마음을 표현할 수 있었다. 그것도 수녀가 그것을 가장 필요로 하는 순간에.

세상으로 돌아올 때, 우리는 자신이 그곳에서 실천해야 할 어떤 임무나 목적을 갖고 있음을 느낀다.

이 말이 진실이라 할지라도 나는 그것을 너무 고상하고 거창하게 말하고 싶진 않다. 일반적으로 '임무'와 '목적'은 정말로 '고상한 대의'에 사용하는 용어다. 그런 용어는 적십자를 창립하거나 종교운동을 시작할 때에나 쓰이는 것이다. 내가 말하는 임무란 영혼이 영원한 세계와 덧없는 세계를 이어주는 다리로 우리를 돌려보낼 때, 때로 우리로 하여금 정말로 세속적인 일을 하게 한다는 것이다.

나는 예수회 수사로서 내가 받았던 훈련에 감사한다. 그때 나는 대학을 졸업하고 예수회에 들어갔었다. 나는 결국 예수회를 떠나 뉴욕에 있는 대주교 관구의 신부가 되었지만 예수회는 나에게 중요한 것들을 가르쳐주었다. 그중의 일부는 지금까지 나에게 영향을 미치고 있다.

우리가 받은 가르침 중에는 당시에는 분명히 의식하지 못했지만 자신도 모르는 사이에 습득한 것이 있었다. 그것은 우리 중 누구도 옆 사람보다 더 중요하거나 덜 중요하지 않다는 것이다. 고등학교를 졸업했든 나처럼 대학을 졸업했든 당신은 동등한 대우를 받아야 마땅하다. 당신은 기도해야 할 때는 기도해야 하고, 일해야 할 때는 일해야 하고, 놀아야 할 때는 놀아야 한다. 당신은 로즈 장학생일지도 모르지만(난 아니었다), 그럼에도 불구하고 자기 차례가 되면 화장실을 청소하고 때로는 까다로운 늙은 사제들이 있는 병원을 방문해야 한다. 당신이 하기에 너무 과분하거나 미천한 일은 없다. 그 일을 좋아하든 좋아하지 않든 당신은 모든 일을 해야 하고, 그것도 즐거운 마음으로 자신의 능력을 최대한 발휘해야 한다.

왜 그럴까? 예수회의 논리에 따르면 모든 인간 존재는 나이가 많든 적든, 인간의 기준으로 위대하든 미천하든, 신의 위대한 영광을 드러내는 숭고한 목적을 위해 일해야 하기 때문이다. 감자를 깎거나 설거지를 하기에는 자신이 너무 귀한 사람이라고 생각한다면, 당신은 신의 영광에 대해 더 많이 배워야 한다. 비천한 일은 품위를 떨어뜨리므로 더욱 고상한 일을 해야 한다고 암시하는 철학에 내가 거부감을 갖는 이유가 거기에 있다. 정원의 낙엽을 갈퀴로 모으는 것이 비천한 일은 아니며, 우리가 블루칼라의 일을 피해야 할 이유는 전혀 없다.

맨해튼 교구에서 여러 해 동안 일하면서 나는 주어진 상황 때문이든 자신이 선택했기 때문이든 날마다 미천하고, 힘들고, 피와 땀과 눈물이 흐르는 일을 하는 사람들을 만났다. 그들은 깊은 신앙심을 갖고 열심히 기도하면서 살아가기 때문에 날마다 그런 일을 할 수 있다. 그들은 열심히 기도하고 부지런히 일하며, 신에게 훌륭한 것을 보여주기 위해 최선을 다해 힘든 일을 해낸다. 이들은 임무를 가진 사람들이고, 그들의 임무는 국가 원수나 회사 사장, 종교 지도자의 임무만큼이나 진실하고 중요하다.

뉴욕에서 20년을 넘게 살면서 나는 뉴욕의 택시 운전사들을 깊이 존경하게 되었다. 패트릭 코인도 그런 사람 가운데 하나다. WQXR(클래식 전문 라디오 방송 : 옮긴이)에서 일하는 내 친구 준 르벨이 패트릭에 대해 말했을 때 처음 그에 대해 알게 된 것 같다. 준은 세 번이나 우연히 패트릭의 택시에 타면서 그의 신앙심과 타인에 대한 사랑을 알게 되었다고 말했다. 지금 패트릭은 은퇴해서 미시시피 주에 살고 있는데, 안타깝게도 암에 걸렸다고 한다. 언젠가 준 르벨에게 내 책을 패트릭에게 보내주고 싶다고 하자, 준은 친절하게도 내가 사인한 책을 직접 보내주었다.

몇 주 후 패트릭으로부터 편지를 받았을 때 나는 무척 기뻤다.

편지에는 책을 보내주어서 정말 감사하다는 말이 적혀 있었다. 패트릭이 내가 진행하는 〈당신이 생각하는 대로〉의 애청자일 뿐 아니라 내가 평화의 성모마리아 성당에서 드린 미사에 참석했다는 것을 알고서 나는 깜짝 놀랐다. 그의 편지를 읽으면서 나는 내가 했던 설교를 다시 들을 수 있었다! 더욱 기분이 좋았던 것은 패트릭과 내가 만난 적이 있음을 알게 된 것이다. 그가 우리의 우연한 만남에 대해 쓴 것을 보고서야 나는 비로소 그때의 일이 기억났다. 그는 성당 뒤편에서 나와 악수를 나누면서 나의 라디오 선교를 위해서 20달러를 기부했다. 생각해보라. 택시 운전사가 나에게 팁을 준 것이다!

패트릭은 깊은 신앙심을 갖고 있었지만, 그것은 성당 안에서 멈추지 않고 그의 택시에까지 이어졌다. 패트릭은 나에게 뉴욕 택시 운전사의 한 사람으로서 자기 택시를 타는 모든 사람들을 기분 좋게 해주어야 할 필요성을 느낀다고 말했다. 차에 탄 손님이 우울하거나 걱정이 있는 듯 보이면, 그는 그 사람에게 희망과 용기를 주려고 노력했다. 그것은 한순간의 생각으로 하는 일이나 우연한 일이 아니었다. 패트릭은 그것을 자신의 개인적인 임무로 만들었다.

내가 삶의 임무나 목적을 너무 거창하게 여기는 것에 거부감을 느끼는 이유가 거기에 있다. 예수회가 나에게 가르친 것과 패트릭으로부터 배운 것을 하나로 묶어서 말한다면 우리 중 누구도 남들보다 더욱 중요하지 않으며, 가장 미친한 일도 남들에게 영감을 주면서 할 수 있다는 것이다.

쿠메의 여자 마법사가 옳았다. 영원함에 대해 알고 난 뒤에 지상으로 돌아오기란 쉽지 않다. 하지만 우리는 반드시 지상으로 내려와야 한다. 우리가 그곳에서 편안함을 느끼지 못하더라도 문제 될 것은 없다. 우리는 집이 어디에 있는지 알고 있고, 왜 우리가 여기에 있는지 알고 있기 때문이다.

"마음은 자신의 생각의 고치 속에서 따스하게 스스로를 짤 수 있으며
그렇게 어디서나 은둔자로 존재한다."

— 제임스 러셀 로월(시인)

STAGE 7

삶에 다시 매혹되다

우리가 찾아야 하는 것은 '다시 매혹되는 것' 이다. 비록 다락방의 행복을 세상으로 가져와 간직할 수 없을지라도 우리는 과거의 경험을 기억하고, 그것을 놓아버리고, 우리의 영혼이 그것을 노래하도록 가르칠 수 있지 않을까?

❧

일상적인 삶으로 돌아가는 일은 다양한 느낌을 동반할 수 있다. 즉 우리는 상쾌한 기분에서 깊은 실망감까지 느낄 수 있다. 예전의 장소와 사랑하는 사람들에게 돌아가는 것은 한편으로 짜릿한 기쁨을 줄 수 있다. 그것은 우리가 떠나온 곳으로 돌아가는 즐거움이다. 우리는 새로운 눈으로 모든 것을 바라본다. 한 달 동안 명상센터에서 지내다 돌아올 때마다 나는 세상을 보는 나의 시각이 달라져 있음을 깨닫곤 한다. 한 달 동안 깊은 사색을 한 뒤에 마침내 내 삶의 모든 것에 신의 사랑이 담겨 있음을 느꼈을 때, 나의 세계는 온통 흥분으로 가득 찼다.

수도원에서 피정 기간을 보내고 나서 나는 곧바로 캔자스시티에 있는 '가난한 이들을 위한 작은 수녀들'이 운영하는 노인의 집으로 가서 봉사활동을 하게 되었다. 일하는 시간은 무척 길었고, 손으로 하는 일들에 나는 완전히 적응하기가 힘들었다. 그럼에도 불구하고 나는 신이 어떤 이유 때문에 나를 그곳에 보냈다는 것을 느낄 수 있었다. 이런 깨달음 덕분에 나는 어려움을 참아낼 수 있었고, 노인들의 다정함과 수녀들의 단순한 아름다움을 통해서 힘을 얻을 수 있었다.

노인들을 대하는 것이 언제나 쉬운 일은 아니었지만 그곳에 있는 사람들은 무척 다정했다. 내가 일하는 남자 식당에는 제리라는 이름의 걸핏하면 화를 내는 노인이 있었다. 그 할아버지는 종종 태엽을 감은 인형처럼 느릿느릿 걸으면서 독일 억양이 심한 발음으로 "아무나 덤벼보라구!" 하고 소리를 쳤다. 그래도 우리가 그 노인을 기분 좋게 대할 수 있었던 것은 대체로 상냥한 아돌프 노인 때문이었다. 아돌프 씨는 따뜻한 미소를 가진 노인이었는데, 식당 사람들은 가끔 야한 이야기를 하는 그 노인을 가장 좋아했다.

우리가 그곳의 프로그램을 계속 진행할 수 있었던 것은 조 라일리라는 노인 덕분이었다. 그분은 여러 해 동안 그곳에서 살았던 붙임성이 있는 노인이었다. 조는 노인의 집과 그곳의 운영 방식에 대해 훤히 알고 있었고, 다른 사람들도 그곳의 규칙을 따를 것이라고 굳게 믿었다. 주변에 이처럼 멋진 사람들이 있어서 나는 일상 속에서 일종의 모험심과 설레는 마음을 계속 느낄 수 있었다.

수도원에서 한 달을 보낸 뒤에 세상으로 다시 들어가는 일은 나에겐 오히려 행복이었다. 물론 모든 사람들이 그처럼 행복하게 돌아가지는 않는다. 언젠가 한 여성이 불치병을 견뎌낸 끝에 불행한 삶에서 벗어난 이야기를 들려주었다. 그녀는 병원에 입원해서 위독한 상황에 빠졌을 때 '임사 체험'을 했다고 말했다. 자신의 영혼이 몸 위로 솟아오르는 것을 느꼈다는 것이다. 그 순간 그녀는 어떤 힘에 이끌려 자신의 삶을 돌아보게 되었다. 그런 다음에 마침내 아름다운 빛이 그녀를 비추었다. 그때가 자신의 인생에서 가장 행복했던 순간이라고 그녀는 회상했다.

그녀는 진심으로 그처럼 따뜻하고 빛나는 존재 속에 남아 있고 싶었다. 하지만 실망스럽게도 그녀는 세상에서 자신이 해야 할 일이 아직도 남아 있다는 말을 들었다. 그것은 그녀가 사랑하는 사람들과 또 다른 사람들에게 죽음 뒤에도 삶이 있으며 따라서 두려워할 필요가 없다는 사실을 알려주는 일이었다. 그녀가 말했다.

"저에게 중요한 임무가 있다는 걸 알고 있어요."

그렇게 말하면서 그녀는 자신이 작가와 상담가, 연설자, 그리고 가족의 구성원으로서 눈코 뜰 새 없이 살고 있다고 말했다.

"하지만 저는 전에 경험했던 더없이 행복한 느낌으로 돌아가지 못해서 날마다 아쉬워합니다. 그곳으로 다시 돌아가면 정말 좋겠어요. 제 자신이 너무나 불완전하게 느껴져요."

일상의 삶으로 돌아가는 것은 그냥 다시 들어가는 일이다. 사실 우리 모두에게는 날마다 일상의 삶을 살아가야 하는 때가 온다. 어느 누가 특별한 휴가를 보내고 싶지 않겠는가? 그리고 휴가에서 돌아왔을 때 우리를 기다리는 일상에 기뻐하겠는가?

개인적으로 나는 휴가에서 돌아왔을 때 우편물을 살펴보는 것을 가장 싫어한다. 휴가지에서 생기를 얻고 편히 쉬었더라도 우편물 정리는 정말 짜증나는 일이다. 광고물들은 그래도 쉽게 분리할 수 있지만, 청구서와 읽어야 하는 골치 아픈 편지들이 나를 기다리고 있다. 우편물을 정리한 뒤에는 자동응답기에 녹음된 수많은 목소리를 들어보고, 컴퓨터를 켜서 이메일을 열어봐야 한다. 나도 모르는 사이에 삶이 나를 덮치면서 휴가가 어디로 가버렸는지 알 수 없게 된다. 나는 정말로 지난주에 평화롭고 편안한 한때를 보냈던 것일까?

평생 동안 나는 다시 돌아가는 문제와 씨름했던 것 같다. 이따금 나는 마음을 완전히 가라앉힐 수 있는 장소에 머문다. 일주일 내내 또는 주말만 그곳에 있으면서 나는 이런 생각을 하곤 한다.

"내가 돌아갈 때 이 휴가의 즐거움을 어떻게 집으로 가져갈 수 있을까?"

집에 도착하자마자 나는 다시 한 번 내가 똑같은 장소에 돌아왔음을 깨닫는다. 육체만이 아니라 감정적으로도 돌아온 것이다.

여러 해가 흐른 뒤에야 나는 나 혼자만 그런 문제를 갖고 있지 않다는 걸 깨달았다. 그리고 훨씬 더 시간이 지나서야 나는 삶에 다시 매혹될 수 있음을 발견했다.

〈당신이 생각하는 대로〉라는 내 프로그램에서 나는 토머스 무어와 대화를 나누면서 많은 가르침을 받았고, 그가 쓴 『일상의 삶에 다시 매혹되다』라는 책에서 상당한 영감을 얻었다. 하지만 영적인 삶의 모든 측면이 그러하듯이 어떤 구절을 아는 것만으로는 충분하지 않았다. 나는 그것이 나의 영혼에 어떤 의미를 가지는지 발견하고, 그것을 혀끝으로 굴려보고, 나 자신의 목소리로 말해야 했다.

'다시 매혹되다'(re-enchantment)라는 말은 프랑스어 '노래하다'(chanter)에서 온 것이다. 그것은 문자 그대로 '다시 노래한다'는 뜻이다. 나는 그 말이 우리가 세상으로 돌아왔을 때 다락방의 단계에서 발견한 매혹의 경험을 묘사하기에 가장 적합한 단어라는 생각이 들었다. 그것은 영혼의 다락방에서 발견한 행복을 유지할 수 있다고 생각하는 것이 어리석다고 말한다. 이런 저런 방식으로 삶이 그것을 없애버리기 때문이다.

그 대신에 우리가 찾아야 하는 것은 '다시 매혹되는 것'이다. 비록 다락방의 행복을 세상으로 가져와 간직할 수 없을지라도 우리는 과거의 경험을 기억하고, 그것을 놓아버리고, 우리의 영혼이 그것을 노래하도록 가르칠 수 있지 않을까?

내 영혼이 이상하고 혼란된 길을 가는 동안 나에게 다시 매혹되는 것에 대해 가르쳐준 것은 바로 아라파호족이었다. 사제 서품을 받고 얼마 지나지 않았을 때, 나는 아라파호족과 쇼쇼니족이 사는 윈드 강 인디언 보호구역에서 몇 주를 보내게 되었다. 성 스테판 선교회에 속한 예수회 수사들과 칼 스타크로프 신부는 아메리카 원주민들이 오랜 세월 자신들의 종교적인 관습을 따를 수 없는 상황과 심지어 고유한 언어의 사용이 금지된 현실을 걱정했다. 아메리카 원주민의 종교를 연구하는 학자로서 스타크로프 신부는 이런 제약들이 인디언들을 말할 수 없이 무력하게 만들고, 인디언이 이 땅에서 살아가는 데 심각한 위협이 된다는 것을 깨달았다.

그는 '부족의 어른', 곧 선교시설에 있는 아라파호족의 연장자들과 함께 작업을 해보기로 결심했다. 그리하여 그들이 인디언 토착 언어를 다시 떠올릴 수 있는지를 알아보기로 했다. 일을 간단하게 시작하기 위해서 스타크로프 신부는 '부족의 어른'에게 주기도문과 미사의 성찬 기도문을 인디언의 토착 언어로 구성해 볼 것을 요청했다.

나는 그 과정에서 수많은 모임에 참석했다. 그리고 그 일을 지켜보면서 나는 부족의 연장자들이 단지 기도문을 구성하는 것에 그치지 않는 것을 분명히 볼 수 있었다. 그들은 자신들의 영혼 깊숙한 곳에 오랫동안 묻혀 있던 기억들을 되살려냈다. 그 기억을 통해 그들은 개인 또는 종족으로서 자신들에게 너무나도 중요한 위엄과 존경, 삶의 방식을 다시금 깨달았다.

때로 그것은 단어와 개념을 재구성하려는 힘겨운 시도였다. 이런 노력을 기울이면서 그들이 '화해'를 뜻하는 아라파호족 단어를 기억해내던 모습이 아직도 눈에 선하다. 모든 연장자들은 '우리를 침략하는 자들을 용서할 때 우리의 침략도 용서받을 수 있다'는 내용이 담긴 특별한 이야기를 들려주었다.

나는 그들 중의 한 명이 나에게 화해의 의미에 대해 설명해준 것을 기억한다. 화해란 오래전 누군가 내 아버지의 말을 훔쳐 갔다면, 이제 그 아들이 나에게 자신의 말 한 마리를 주어야 하는 것이다. 이처럼 하나의 단어 속에는 전체적인 이야기가 담겨 있었다. 그것은 이야기와 논쟁을 거쳐 마침내 각각의 단어의 의미에 대해 연장자들이 합의하는 놀라운 과정이었다.

그런 다음에 그들은 자신들의 언어 속에 있는 실제 단어를 떠올려야 했다. '화해'의 경우에 연장자들은 아무리 애를 써도 그것에 해당되는 단어를 생각해낼 수 없었다. 마침내 그들 중 한 명이 그 단어를 알 만한 나이 든 여자를 기억해냈다. 그들은 결국 그녀에게 물어서 그 단어를 알아냈다.

'부족의 어른들'이 자신들의 가장 깊은 곳에 있는 언어와 기억과 이야기를 살려내는 것을 보면서 나는 다시 매혹되는 것에 대해 훌륭한 가르침을 얻었다. 연장자들은 오랫동안 묻혀 있던 자신들의 일부분을 문자 그대로 살려내고 있었다. 그들은 유산처럼 전해지는 노래를 다시 부르고, 자신들의 이야기를 말하는 법을 배우고 있었다. 그리고 고대로부터 내려온 노래와 이야기, 자신들의 영혼을 새로운 방식으로 살려냈다. 마침내 기도문이 만들어져서 아라파호족의 언어로 성찬 기도를 드리고 주기도문을 외우던 날 성당 안은 그야말로 기쁨으로 가득 찼다.

몇 년 뒤, 나는 사람들이 어떻게 다시 삶과 사랑에 빠지고, 결혼생활을 제자리로 돌려놓고, 다시 노래 부름으로써 마음의 고요를 찾을 수 있을지를 생각해보았다. 그때 나는 인디언 부족의 어른들이 나에게 많은 것을 가르쳐주었음을 깨달았다. 아쉽게도 그들은 자신들만의 고유한 방식으로 자유롭게 살고 말하던 초기 시절로 돌아갈 수 없었다. 하지만 그들은 영혼 속에서 자신들의 이야기를 기억함으로써 그 시절을 되찾을 수 있었다. 그 이야기들은 그들의 영혼에 마법을 걸어서 과거의 기억을 깨어나게 했고, 그것에 생명을 불어넣었다.

그것이 바로 다시 노래 부르는 것이다. 영혼이 힘든 일상 속에서 다시 노래 부르는 법을 배울 수 있었던 것은 자신을 흔들어 깨우는 최초의 기억과 접촉했기 때문이다. 이런 기억들은 개인적으로 힘든 순간에 나타난다. 그리고 기억들이 다가올 때, 그것은 영혼을 다시 매혹시키고, 영혼이 다락방의 지혜—영원에 대한 관심—를 떠올리게 한다. 또한 오직 사랑 속에 머물면서 일상 속에서 삶의 진정한 목적이 잊혀선 안 된다는 것을 영혼에게 상기시킨다.

❧

영감을 얻고 나서 우리가 일상의 삶으로 돌아갈 때, 줄기에서 장미꽃이 떨어지듯이 우리는 마법에서 깨어난 자신을 발견할 것이다. 그렇듯 냉혹한 날들에 직면할 때, 우리는 내면의 목소리와 다른 사람의 충고를 호의적으로 받아들일 마음이 별로 없다. 사람들은 이렇게 말할 것이다.

"기운 내. 우리에겐 감사할 일이 많이 있어. 우리보다 사정이 나쁜 사람들도 많이 있다구."

우리는 자신이 느꼈던 행복에 대해 알고 있으며, 이제 그것을 잃어버렸다. 행복은 잠깐 쉬었다 가는 정거장일지도 모른다고 우리는 스스로에게 말한다. 자신에게 잔인한 거짓말을 하는 것이다.

사람들이 그런 감정을 느낄 때, 다시 매혹될 수 있는 방법이 무엇인지 나는 알지 못한다. 아라파호족에게 자리에 앉아서 그들의 언어를 생각해내라고 명령했다면 더 좋은 결과가 나왔을지는 알 수 없다.

하지만 효과적인 방법은 단순한 두 가지를 결합하는 것이다. 첫 번째는 아무리 작고 희미할지라도 일상 속에서 사랑을 간직할 수 있다는 믿음을 갖는 것이다. 두 번째는 내가 '다시 매혹되는 지점'이라고 부르는 것을 세우는 것이다. 그것은 우리가 영원함과 다시 연결되고, 영원함이 가진 아름다움과 기쁨에 '주파수'를 맞출 수 있게 해주는 장소나 어떤 순간이다.

가톨릭에는 '십자가의 길의 기도처'라고 알려진 사순절 예배가 있다. 그때 우리는 예수님의 수난과 죽음과 관련해서 열네 번(현대적으로 해석하면 열다섯 번)의 명상과 기도를 하는데, 그것은 성당 안의 각기 다른 장소에서 이루어진다.

다시 매혹되는 지점과 관련해서 반드시 일정한 수의 지점이 있을 필요는 없다. 단지 아름다움, 기쁨, 자유, 정의감, 영원한 생각을 일깨워주는 삶 속의 특별한 기억이나 물건, 장소(집이나 사무실 근처에 있는 것을 포함해서)면 충분하다. 이미 말했다시피 여기에는 어떤 정해진 규칙이 없다. 어떤 사람의 다시 매혹되는 지점이 다른 사람에게는 효과가 없을 수도 있다. 아라파호족처럼 우리는 사람들이 다시 매혹될 수 있고, 삶과 다시 사랑에 빠지는 장소에 대해 말할 수도 있을 것이다.

많은 사람들에게 숭배의 집은 신과 영원함을 만나고, 삶과 다시 사랑에 빠지는 장소다. 뉴욕 시 가먼트 지역에 있는 홀리이노센트 성당에는 '돌아온 십자가'로 알려진 거대한 나무 십자가가 서 있다. 성당이 세워지고 125년이 넘는 세월 동안 셀 수 없이 많은 사람들이 그 십자가 앞에 무릎을 꿇고 자신의 삶에서 신의 용서와 자비를 발견했다.

그 십자가에 대한 예배는 한 군인이 1차 세계대전에 참전하러 떠나면서 성당에 들러 십자가 앞에서 신의 자비와 보호를 빌었을 때부터 시작되었다. 전쟁터에서 무사히 돌아온 군인은 수도원의 수사가 되어 자신의 삶을 신에게 바쳤다. 지금도 날마다 1,000여 명의 사람들이 장엄한 성당에 들러 그 십자가 앞에서 기도하는 것을 멈추지 않고 있다.

다시 매혹되는 지점은 어디서나 발견할 수 있다. 지금 나는 사우스캐롤라이나 주의 조지타운에서 이 글을 쓰고 있다. 그리고 몇 시간 후에는 성 마리아 성당에서 있을 제임스 리들과 베트 캔슬 모니어의 결혼식에 참석할 것이다. 결혼식이 열리는 성당은 마을 한가운데 있는 굉장히 작은 장소다. 제임스와 베티가 그 성당을 선택한 것은 자신들의 가족에게 특별한 의미를 갖고 있기 때문이다. 베티의 새어머니 샌디 존스 부인은 그 성당에서 결혼식을 올렸고 뉴욕으로 이사 갈 때까지 여러 해 동안 그 성당을 다녔다. 그들 가족에게 성 마리아 성당은 신앙심이 간직된 장소였다.

다른 신앙을 가진 사람들 또한 이런 경험을 한다. 언젠가 나는 지금은 세상을 떠난 세이프 애쉬머위라는 친구를 따라서 맨해튼 중심지에 있는 이슬람 사원에 가본 적이 있다. 그곳은 정오에 독실한 이슬람교도들이 모여서 알라신에게 기도를 드리는 장소였다. 모든 종교에 존재하는 숭배의 집은 영원을 만나는 장소다. 바쁘고 힘든 삶을 살아가면서 사람들은 그곳으로 가서 자신들의 진정한 언어를 기억한다. 그것은 바로 영혼의 언어다.

라디오와 텔레비전 또한 다시 매혹되는 지점의 역할을 할 수 있다. 다양한 청취자들이 영감을 얻고 영적으로 고양되기 위해 내 방송을 듣는다고 말할 때 나는 깜짝 놀란다. 내 프로그램 같은 토크쇼와 공중파를 통한 예배 방송, 그리고 종교음악 프로그램은 성스러움과 만나는 곳이다. 병에 걸리고 마음에 상처를 받고 삶의 흐름에서 벗어나 있다고 느끼는 사람들은 자신들이 신성하고 고귀한 것과 동떨어져 있다고 느낀다. 이런 사람들이 종교 프로그램에서 신성함과 만나는 것이다.

어느 크리스마스의 이른 아침에 나는 성 패트릭 성당에서 라디오로 〈자정의 미사〉를 방송한 뒤에 한 친구의 아파트로 가서 그날을 축하했다. 그때 우연히 그곳의 아파트 경비원과 이야기를 나누면서 나는 그가 경비실에서 조그만 라디오를 통해 내 방송에 주파수를 맞추고 귀를 기울인다는 것을 알게 되었다. "저는 〈자정의 미사〉를 놓치지 않아요."라고 그가 나에게 말했다. "일하는 동안에도 그 방송을 들으면 크리스마스를 느낄 수 있지요."

정원은 다시 매혹되기 위한 또 다른 지점이다. 사실은 더없이 훌륭한 지점이다. 정원은 다채로운 색깔을 갖고 있으며, 우리의 삶이 사막으로 변할 때 오아시스가 되어준다. 우리 모두는 나름대로 좋아하는 것을 갖고 있다. 신학을 공부하는 동안에 나는 캘리포니아 주 버클리에 있는 장미 정원을 찾아가곤 했다. 대학원에 다닐 때는 뉴욕 시 브롱크스의 식물원을 찾아가 꽃들의 화사한 아름다움을 통해 내 영혼을 고양시키곤 했다.

아직 신혼부부였을 때 나의 부모님은 정원에서 아름다운 꽃과 싱싱한 채소를 키우셨다. 결혼생활 내내 어머니는 다양한 색깔의 아프리카제비꽃을 소중히 여기셨다. 한 주도 거르지 않고 아버지는 장미꽃을 집에 가져와서 어머니께 드렸다. 꽃들은 최악의 순간에도 우리에게 아름다움을 느끼게 하는 너무나 특별한 천사라고 할 수 있다.

꽃을 말하다 보니, 다시 매혹되는 지점으로서 그림과 사진이 떠오른다. 아버지는 꽃을 사진 찍기를 좋아하셨고, 할머니는 꽃을 그리기를 좋아하셨기 때문이다. 할머니는 내가 두 살 때 돌아가셔서 나는 그분에 대한 기억이 없다. 하지만 어린 시절 내내 나는 할머니의 고귀하고 평온한 삶과 그 영혼의 아름다움을 느낄 수 있었다. 나는 아직도 할머니가 만든 사탕단지와 아버지가 찍은 정원과 꽃 사진을 많이 갖고 있다. 그것은 하늘로부터 내가 받은 작은 선물들로서, 우울한 날이면 나는 내 영혼을 새롭게 하기 위해 그것들을 꺼내보곤 한다.

나는 예술과 그림을 좋아해서 내 사무실 벽에는 입에 파이프 담배를 문 나이 든 선장의 그림이 걸려 있다. 사실 그 그림은 우리 집 벽에 여러 해 동안 붙어 있던 것이었다. 어린 시절의 내 모습을 찍은 수많은 스냅사진들과 부모님의 약혼과 결혼 앨범은 나를 과거의 기쁨으로 돌아가게 한다.

음악은 다시 매혹되게 만드는 또 다른 지점이다. 방송을 통해 듣든 콘서트에 가서 직접 감상하든 음악은 매우 고상하고 깊은 아름다움으로 영혼을 안내한다. 음악은 이상하고 매혹적인 여인이다. 왜냐하면 그 여인은 때로 우리의 어두운 면의 끝까지, 아니 그 너머까지 데려감으로서 우리에게 영감을 주기 때문이다. 나는 셀린 디온의 〈내 마음은 계속될 거야〉라는 노래를 들을 때마다 나의 둘도 없는 친구 수전 비트윈스키와 그녀가 서른다섯 살의 젊은 나이에 암으로 고통스런 죽음을 맞이했던 것을 생각한다. 영화 〈타이타닉〉의 주제곡은 수전이 가장 좋아하는 노래 가운데 하나였다. 그녀가 세상을 떠난 뒤 한동안 나는 그 노래가 라디오에서 흘러나오면 도저히 듣고 있을 수가 없었다. 하지만 과감하게 그 노래를 듣기로 결심하자 음악은 나를 한없는 슬픔으로 데려가면서도 결국에는 내면의 평화를 주고 수전에 대한 나의 사랑이 아직도 살아 있음을 깨닫게 해주었다. 그리고 수전이 영원히 평화롭게 있다는 것도 느낄 수 있었다. 이처럼 음악은 우리를 치유하고, 슬픔을 넘어선 곳으로 데려감으로써 우리의 마음을 위로해준다.

음악은 정말로 하늘이 내려준 선물이자 영원으로부터 온 메시지다. 나는 고전주의 화가인 새뮤얼 샌더슨을 개인적으로 알지 못했지만, 내 친구들은 그를 알고 있었다. 내 친구들은 여러 달 동안 나에게 샌더슨을 위해 기도해줄 것을 부탁했다. 샌더슨은 심각한 심장질환이 재발해서 병마와 싸우고 있었다. 그가 세상을 떠났을 때 나는 친구를 하나 잃어버린 느낌이 들었다.

오늘 아침, 사우스캐롤라이나 주로 자동차를 몰고 가면서 나는 라디오의 대중적인 프로그램에 주파수를 맞췄다. 마침 샌더슨을 기념하는 특집 방송이 진행되고 있었고 그의 목소리와 음악을 들으면서 나는 가슴이 뭉클해지는 것을 느꼈다! 마치 샌더슨이 나에게 자신을 위해 기도해주어서 고맙고, 잘 지내고 있다고 말하는 것 같았기 때문이다.

책과 잡지, 다양한 종류의 산문과 시는 우리의 마음을 고양시키고, 다시 매혹되게 할 수 있다. 젊은 시절 나의 어머니는 책마다 장서표를 붙였는데 에밀리 디킨슨의 말을 인용해서 이렇게 적어놓았다.

"책만한 군함은 없다."

어머니의 책을 보면서 나는 어린 나이에 책을 읽는 방법뿐 아니라 책을 통해 느낌과 생각의 문으로—그리고 그것을 넘어선 곳으로— 들어가는 법을 배웠다.

캘리포니아, 미주리, 보스턴, 코네티컷, 플로리다, 뉴올리언스, 사우스캐롤라이나 주에서 나는 수로의 모습에 감탄하면서, 수평선을 가로지르는 다양한 보트와 배들을 오랫동안 넋을 잃고 바라보곤 했다. 문학 또한 다채로운 군함을 갖고 있다.(이를테면 소설, 서사시, 역사, 비극, 코미디, 성서, 소네트 등.) 각각의 장르는 자신만의 독특한 짐을 싣고 우리를 살며시 데려가서 밀항자처럼 영원 속으로 모험을 떠나게 한다.

바다는 다시 매혹되게 하는 굉장한 지점이 될 수 있다. 비행기 사고를 당한 존 F. 케네디 2세와 그의 아내 캐롤린, 처형 로라 비셋의 소식을 두려운 마음으로 기다리면서 에델 케네디와 또 다른 가족들은 바다로 항해를 떠났다. 파도와 바람의 영원한 감촉은 그들의 슬픈 영혼에 신선한 공기를 불어넣었고, 그들에게 앞으로 닥칠 비극에 대처할 수 있는 용기를 주었다.

다시 매혹되는 지점에는 다른 것도 많이 있다. 동물과 음식도 그 가운데 하나다. 나는 두 가지 모두 매우 좋아한다. 내 고양이 테디와 플릭카(이 글을 쓰는 지금 녀석들의 나이는 각각 열일곱, 스물다섯 살이다)는 자신들을 언급하지 않는다면 나를 결코 용서하지 않을 것이다. 사실 녀석들은 내가 유머와 창의력, 신의 사랑을 느낄 수 있도록 문을 활짝 열어주었다. 이런 예들은 당신이 다양한 지점을 찾는 데 참고가 될 수 있을 것이다. 이런 식으로 찾다 보면 성경에서 말하듯 풍성한 수확이 있을 것이다.

다시 매혹되는 일이 일어나려면 두 가지가 반드시 필요하다.

첫 번째로 당신은 자신의 삶에서 다시 매혹될 수 있는 지점을 찾아내야 한다. 내가 제시한 것들을 고려할 수 있겠지만 당신은 자신만의 것을 찾아야 한다. 몇 가지를 정한 뒤에 영원으로 가는 다양한 통로를 열어두는 것도 좋을 것이다. 여러 가지 경우를 경험하다 보면, 다른 것들보다 당신을 더 깊이 감동시키는 것이 있을 것이다. 그런 것들을 말해보면(또는 그것을 글로 적어서 읽어보면) 당신이 이미 많은 것을 갖고 있음을 깨닫고서 깜짝 놀랄 것이다.

다시 매혹되는 지점을 알기 위해 오로지 새로운 취미와 흥밋거리를 찾아야 하는 것은 아니다. 이미 있는 것들을 충분히 활용할 수도 있다. 미다스 왕은 자신이 갖지 못한 황금을 만드는 일에 빠지면서 파멸을 피할 수 없었다. 진정한 보물을 이미 갖고 있다는 걸 깨달았더라면 미다스 왕은 훨씬 더 만족스런 삶을 살았을 것이다.

두 번째로 당신은 규칙적으로 이미 발견한 지점 앞으로 가야 한다. 되도록이면 날마다 가야 한다. 영적인 균형은 우리의 삶에서 예외적인 것이 되어서는 안 되며, 삶의 일부분이 되어야 한다. 왜 우리는 날마다 기도하라고 하지 않고 안식일에만 기도하라고 할까? 왜 우리는 누군가의 생일에는 법석을 떨면서 1년 내내 그를 존중하고 사랑하는 것은 잊어버리는 것일까? 우리가 영적으로 다시 매혹되려면 매일 그런 마음을 가져야 한다.

다시 매혹되는 일에는 시간이 걸린다. 스티븐 코비는 우리가 해야 하는 일들로 삶을 다 채운 뒤에, 우리의 마음을 사로잡지 못하는 것들로 '긴장을 푼다'는 것을 정확히 지적했다. 다시 매혹되는 삶을 살기 위해 우리는 의도적으로 다시 매혹되는 것들 앞에 우리를 놓아야 한다. 당신이 자신의 영혼을 이끌어주는 신들을 날마다 무시한다면, 나중에는 그들을 알아보지 못할 것이다.

그러나 정말로 당신이 그렇게 되더라도 (넓은 의미에서) 신들이 나타나지 않거나 당신을 부르는 일을 멈추지는 않는다. 신들은 당신을 부를 것이고, 당신은 영혼을 통해서 신들이 절망적으로 부르는 소리를 들을 것이다. 그렇게 절망하도록 놓아둔다면, 오래지 않아 당신은 다시 길을 잃은 영혼이 될 것이다.

그렇게 해서는 안 된다. 다시 매혹되는 당신의 지점을 발견하고, 적어도 그 일부분이 날마다 당신의 삶 속에 나타나게 하라. 그러면 자기도 모르는 사이에 당신은 다시금 삶에 매혹될 것이다.

"오직 한 가지만으로 족하니라."

— 예수 그리스도

영적인 삶을 따라 흘러가라

지금까지 영적인 여행에서 당신이 보람과 기쁨을 발견했기를 바란다. 그것은 당신과 내가 함께했던 여행이었다. 여행을 하면서 우리는 길을 따라 일정한 지점을 표시했다. 길이 다른 방향으로 꺾이거나, 특별한 일이 일어나거나, 중요한 식물이나 동물, 풍경을 만난 지점을 표시한 것이다. 그것이 당신과 내가 이 영혼의 여행에서 했던 일이다. 우리는 사실 길을 잃은 영혼으로 출발해서 우리가 어디에 있는지, 어디로 가는지도 모르면서 삶에 다시 매혹되는 지점에까지 이르렀다.

처음에 우리는 자신만 홀로 여행하면서, 예전에 누구도 시도해보지 않았고, 이해할 수도 없었던 일을 하고 있다고 생각했다.

그러다가 서서히 다른 사람들이 우리 앞이나 근처에 발자국을 남겨놓은 것을 보고서 우리는 깜짝 놀랐다. 그들의 이야기를 얼핏 들었을 때, 우리는 우리의 경험이 처음에 상상한 것처럼 이상하거나 희귀한 일이 아니라는 것을 알았다. 우리는 길을 잃은 것을 편하게 받아들일 수도 있다는 사실을 발견했다. 우리만 길을 잃은 게 아니고 우리에게 동지가 있는 한 말이다.

이것은 우리에게 새로운 깨달음이었다. 오늘날의 많은 성공담처럼 영적인 삶은 어떤 과정의 끝에 오리라고 우리는 상상했다. 하지만 일정한 유형의 단계를 따라서 현재의 비참함에서 벗어나기만 한다면 당신은 언제나 영적인 존재가 될 수 있다. 그 결과 우리는 다르게 믿는 법을 배웠다. 우리는 말했다.

"당신의 영혼은 당신이 있는 곳에 있다."

이것은 잉태된 순간부터 우리의 삶에서 영적이지 않은 부분은 없다는 것을 뜻한다. 우리는 그런 생각이 무슨 차이를 가져오느냐고 물을 수도 있다. 내가 길을 잃은 영혼이 되거나 수렁에 빠져 있다면, 단지 영적이라는 이유로 그것이 좋은 경험이라고 말할 수 있을까?

이 질문에는 여러 가지로 대답할 수 있다. 그중 하나는 영적인 삶이 우리의 불쾌하고 고통스런 경험을 덜어주지는 않는다는 것이다. 다시 매혹되는 일은 사실 엄청난 고통을 불러올 수 있다.

길을 잃는 것은 불안하고 당황스런 느낌을 줄 수 있으며, 어쨌든 그것은 고통스런 일이다. 영적인 것은 어떤 것을 고치거나 바로잡거나 수리하는 것이 아니다.

최근의 설교에서 나는 이제껏 살면서 아침에 침대에서 일어나서 하루를 마주하기가 싫었던 날이 있었다고 솔직히 고백했다. 미사가 끝난 뒤 한 나이 든 신사가 나에게 다가와 말했다.

"신부님, 하루를 마주하기가 싫었다는 설교는 저를 두고 하는 말씀인 것 같습니다. 나이가 들어갈수록 아침에 일어나는 것이 힘이 드는군요."

사실 나와 그 남자의 경험은 아침마다 기쁜 마음으로 침대를 박차고 일어나는 사람들의 경험만큼이나 영적이다. 그런 사람들의 경험이 더욱 영적인 것도 아니고, 우리의 것이 덜 영적이거나 전혀 영적이지 않은 것도 아니다. 그들의 경험이 우리의 것보다 더 좋은 것도 아니고, 우리의 경험이 그들의 것보다 더 나쁜 것도 아니다. 두 경우 모두 진실하고 영적인 경험이다.

서로 다른 사람과 상황에 직면할 때 영혼은 매우 다른 방식으로 자신의 마법을 펼칠 수 있다. 때로 영혼은 우리에게 불굴의 정신을 보여주도록 기운을 북돋워준다. 즉 침대 밖으로 뛰쳐나가 용을 죽이고, 그날의 목적을 달성할 수 있는 용기를 주는 것이다.

또 다른 때에 영혼은 우리에게 그냥 침대에 누워 하루와 마주하기를 거부하면서 떠오르는 물음을 그냥 던져보라고 말한다. 다시 말해 영적인 삶의 다른 점은 우리가 매순간 홀로 있는 게 아니라 용기와 진리, 정의와 사랑 같은 영원한 이상과 함께 있음을 인식하고, 그런 이상들을 불러올 수 있다는 것이다. 영혼이 없다면 우리의 삶은 따로 떨어져 있는 점들이 될 것이다. 그런 순간들을 하나로 통합시키는 것이 바로 영혼이다. 영혼은 그 순간들을 영원하게 만드는 게 아니라 그 앞에서 영원을 불러일으킨다.

실패를 경험하는 것은 어떻게 설명할 수 있을까? 실패도 영적인 일일까? 이번에도 근본적인 답은 영혼이 언제나 거기에 있다는 것이다. 우리가 실패할 때에도 마찬가지다.

해답의 일부분은 우리가 실패를 어떤 의미로 받아들이느냐에 달려 있다. 대학원 시절 나는 어느 과목에서 낙제한 적이 있었다. 그것은 분명한 실패였고, 나는 낙오자가 된 느낌이 들었다. 하지만 결국에는 내 영혼이 박사 학위를 포기하고 지역의 성당에서 일하라는 신호를 보내기 위해 나를 실패하게 만들었음을 깨달았다.(나는 그것을 매우 빨리 알아차렸다.) 내 영혼은 내가 성당의 사제가 되고, 라디오 토크쇼의 진행자가 되고, 사람들과 직접 접촉하는 작가가 되라고 신호를 보낸 것이었다. 결국 나의 실패는 하나의 메시지였다.

나의 진정한 임무를 향해 나아가라는 영혼의 요구를 무시했다면 그것이 진정한 실패였을 것이다. 하지만 또 다른 사람에게 어떤 과목을 낙제하는 일은 지금보다 두 배로 노력하고, 더 열심히 공부하고, 끈질기게 달라붙어서 학위를 따라는 영혼의 요청인지도 모른다. 이 영혼의 안내를 따르지 않을 때 그는 진정으로 실패할 것이다.

도덕성의 결핍은 어떻게 생각해야 할까? 영적인 삶에서 도덕성의 결핍에 관한 것은 또 다른 책에서 논의할 주제다. 하지만 일반적으로 영혼의 임무는 덧없는 삶의 조건을 영원의 세계로 가져가는 것이라고 말할 수 있다. 그것이 영혼의 기능이자 목적이다. 도덕성의 결핍은 일부러 영원의 원칙들을 무시하거나 그것을 우리의 구체적인 상황에 잘못 적용시키는 것을 뜻한다. 그런 일이 일어날 때, 영혼은 우리에게 양심의 가책을 느끼게 하고 도덕에 대해 더 많이 이해하게 만든다.

우리는 영혼의 안내를 무시할 수 있다. 스스로 올바로 행동하고 있다고 생각하면서 말이다. 이처럼 무시당하더라도 영혼은 계속해서 자신이 가진 긍정적인 도덕의 힘을 발휘하려고 노력한다. 영혼은 다른 것에 의지하기를 거부하고 끊임없이 자신의 도덕적인 메시지를 보낸다. 영혼이 아니라면 '나락'으로 떨어질 수도 있었지만 결국은 올바른 길을 발견해서 도덕적인 삶을 살았던 수많은 사람들의 이야기를 어떻게 설명하겠는가? 나는 알코올 중독과 회복을 반복하는 사람들을 알고 있다. 그들은 또다시 알코올에 빠질 때 무력감을 느낀다. 하지만 그럼에도 불구하고 그들은 자기 안의 더 높은 힘이 부드럽지만 단호하게 다시 술을 끊으라고 말하는 것을 느낀다.

모든 것들 속에서 영혼은 강력하고 기쁘게 활동하면서, 우리에게 자신 안에서 신성함을 깨닫고, 일상 속에서 그것을 표현하고 싶은 마음을 깨달으라고 요구한다.

마지막 영혼의 단계를 지나는 여행을 통해 우리는 자신이 신과 신성한 목적으로부터 멀리 떨어져 있는 듯 보여도 정말로 그렇지 않다는 걸 배웠다. 우리는 삶에 매혹되고 심지어 다시 매혹되는 길로 가고 있다. 우리는 영혼을 무시할 수 있지만, 그것은 여전히 우리가 있는 곳에 있다. 영혼은 결코 떠나가지 않는다. 우리는 예전처럼 길을 잃은 단계로 돌아가는 것을 선택할 수도 있지만 영혼은 언제나 그곳에 있으면서, 우리의 용기를 북돋우고, 강력하게 요구하고, 우리가 더 높은 곳으로 가야 하는 운명임을 상기시킨다.

❧

영혼을 따라가는 여행은 고통스런 날들과 우울한 시간에 대해 일정한 가르침을 준다. 그것은 우리가 평범한 지혜를 통해 일상적으로 듣는 것과는 매우 다르다. 우리가 만나게 되는 고통스런 날들과 우울한 날들은 영적인 날들이다. 그런 순간들은 우리가 쓸모없게 여기지 않는 한 헛된 날들이 아니다. 우리가 그날들을 영적으로 만들기 위해 어떤 행동을 할 때에만 영적인 날들이 되는 것은 아니다. 심지어 그것을 경험하는 순간조차 영적이다. 우리가 슬퍼하고, 상처 받고, 우울해하고 심지어 좌절할 때에도 영혼은 그곳에 있으면서 우리를 지켜보고, 관심을 갖고, 안내한다.

사실 영혼은 두 가지 중요한 방식으로 존재한다.

1. 영혼은 우리의 경험에 안전한 피난처, 즉 집과 같은 장소를 제공한다.
2. 영혼은 우리의 경험을 안전하게 모은 다음 그것을 영원하고 초월적인 가치의 법정에 세우고, 우리를 바로잡아주고, 안내하고, 때로는 인정해준다.

영혼이 존재하는 두 가지 측면은 모두 중요하다. 살아가면서 너무나 자주 우리가 처한 상황은 통제하지 못할 만큼 거대한 느낌으로 다가온다. 그럴 때 우리는 압도되는 느낌을 받는다. 우리는 길을 잃고, 홀로 남겨져 있고, 어디에도 갈 수가 없고, 아무에게도 의지할 수 없다고 느낀다. 하지만 우리가 종종 깨닫지 못하는 게 있다. 마음이 산란하고, 정착할 곳이 없는 것처럼 느껴져도 우리는 집으로 오라는 부름을 받고 있다는 것이다. 그것은 하늘이 아니라 내면의 영혼으로 오라는 소리다. 나는 로버트 프로스트가 한 인터뷰에서 했던 말을 좋아한다. 그는 이렇게 단언했다.

"나는 혼란스럽지 않습니다. 나는 단지 잘 섞여 있을 뿐입니다."

프로스트는 자신의 영혼이 거기에 있으면서 경험을 받아들여 멋있고 창조적인 방식, 곧 영원한 이상과 접촉하여 모든 것을 섞는 방식으로 경험을 변화시킨다는 것을 알고 있었다.

이런 이유로 나는 '혼란스럽다'(confused)의 라틴어 어원이 '함께 섞이다'(to mix together)라는 뜻에서 유래되었다고 상상한다. 이것을 발견할 때 사람들은 보통 놀랍다는 반응을 보인다. 가슴이 산산이 부서지는 느낌이 들 때 우리는 어떻게 함께 섞일 수 있을까?

영혼이 그 대답이다. 삶이 우리를 압도할 때 영혼은 우리의 좌절감, 부정적인 반응, 상처를 모두 받아들이고 그것들을 위한 집을 발견한다. 그것들은 우리에게 불편하고 뭔가 잘못되었다는 느낌을 주지만 사실은 전혀 그렇지 않다.

성경에는 밭에 밀 씨앗을 뿌린 한 농부의 이야기가 나온다. 얼마 후 농부가 밭으로 다시 가서 곡물이 잘 자라는지 살펴보자 밤새 누군가 잡초 씨앗을 뿌려놓았는지 밭이 온통 밀과 잡초로 뒤엉켜 있었다. 농부의 하인은 잡초를 뽑으려고 했지만, 지혜로운 농부는 하인의 행동을 제지했다. 그러면서 하인에게 충고했다.

"만일 지금 잡초를 뽑는다면, 밀 농사 또한 망칠 것이다. 잡초가 완전히 자라도록 두어라. 그런 다음에 두 가지를 따로 분리한다면 밀은 구하고 잡초는 없앨 수 있을 것이다."

이 우화는 영혼에 관한 이야기다. 영혼은 모든 것을 받아들인다. 우리의 좋은 경험과 나쁜 경험, 우리의 미덕과 악덕, 죄악과 성공 등을 가리지 않고 받아들인다. 영혼은 그 모든 것을 위한 집과 장소를 발견하고 나서 지혜롭게 그리고 천천히 그것들을 섞는다. 그러고는 우리에게 깊은 생각과 지혜, 치유와 통찰력을 주고, 더 이상 도움이 안 되는 것은 그냥 지나치라고 말한다.

이 과정은 시간이 걸릴 수 있으며, 그리하여 속도의 악마가 지배하는 현대를 살아가는 우리에게 커다란 좌절감을 안겨줄 수 있다. 농부의 하인처럼 우리는 곧바로 잘못을 바로잡기를 원한다. 그러나 영혼의 시간은 우리의 시간과 다르다. 영혼의 방법은 우리의 방법과 다르다. 우리가 실수로 가득한 과거를 보면서 무력감을 느낄 때, 영혼은 모든 것을 섞어서 우리의 고통스런 과거를 자비와 통찰력, 타인에 대한 봉사의 원천으로 만들 수 있다.

나는 이혼으로 상처 받은 사람들이 좌절하지 않고 자신들처럼 결혼생활의 파탄으로 삶이 흔들리는 사람들을 도와주는 것을 보았다. 알코올이나 마약 중독자가 절망하지 않고 비슷한 상황에 처한 사람들을 위해 상담자의 역할을 하는 것도 보았다. 이런 일은 우리가 생각하는 것보다 자주 일어난다.

그것은 시간이 걸리는 일이다. 우리가 영혼이 일하는 방식을 반드시 알아야 하는 이유가 거기에 있다.

낙제를 해서 참담한 심정이었던 그해에 나는 1년 내내 기분이 우울했다. 지금 내가 영혼에 대해 알고 있는 걸 그때도 알았더라면 얼마나 좋았을까. 길을 잃은 듯한 느낌이 내 영혼 속에서 안락한 집을 발견할 수 있음을 알았더라면 큰 위로를 받았을 것이다. 내 영혼은 길을 잃은 느낌을 골라내고, 내가 다시 배우고, 치유받고, 새로운 방향을 발견하도록 했을 것이다.

이런 이유 때문에 우리가 함께 이 여행을 했다는 것이 나는 무척 기쁘다. 이런 여행은 겉모습과는 반대로 모든 것이 길을 잃지 않았음을 알려주는 데 큰 도움이 된다. 사실 당신의 영혼이 키를 잡고 있을 때 모든 것을 발견할 수 있다. 관찰하고, 귀를 기울이라. 그러면 당신은 예전엔 상상조차 할 수 없었던 자비심과 지혜를 자신의 내면에서 발견할 것이다. 주의 깊게 관찰하라. 그러면 당신은 골치 아픈 사람들과 상황이 스스로 치유되고 해결되면서 당신의 삶에서 빠져나가는 것을 보게 될 것이다.

그것들을 축복하고 나서 놓아주라. 주의를 집중하라. 그러면 당신은 사람들과 상황들이 자신의 삶 속으로 들어오는 것을 보게 될 것이다. 그리하여 당신이 남들에게 봉사하고, 영원한 가치를 자신의 세계로 가져오고, 삶과 다시 사랑에 빠지겠다고 결심하도록 도와줄 것이다.

사람들은 나에게 묻곤 한다.

"이런 단계들은 언제나 앞으로만 나아가고, 신부님이 말한 순서대로만 진행되나요?"

나 자신의 경험과 영혼의 활동방식에 대해 생각한 결과, 나는 이미 설명한 것처럼 영혼의 단계들이 순서대로 진행된다는 것을 믿게 되었다. 내 경험에 비추어볼 때 그것이 영혼이 단계적으로 거쳐 가는 순서다. 내가 여러 부분에서 지적했듯이 우리는 다양한 이유로 1, 2단계로 후퇴해서 길을 잃은 영혼이 되거나 수렁에 빠질 수 있다. 세상으로 돌아가거나(6단계), 다시 매혹되거나(7단계), 잠시 자비심을 갖는 상태로 가거나(3단계), 다락방의 지혜(5단계)로 다시 돌아가는 것 역시 가능하다. 사실 그렇게 할 때 당신은 새롭게 충전되고, 자신의 영적인 목표를 확인할 수 있다.

반대로 앞 단계로 먼저 갈 수도 있을까? 다시 말해 길을 잃기 전에 자비심이나 다시 매혹되는 상태로 갈 수 있을까? 솔직히 말하면 영혼은 그런 식으로 움직이지 않는다고 생각한다. 물론 당신은 어린아이들에게 영원함의 미덕과 가치, 진리에 대해 교육시킬 수 있다. 실제로 이런 교육은 영적일 수 있다. 하지만 그것은 삶에서 가슴 아픈 일을 경험한 뒤에 자비심과 다락방의 지혜를 갖게 되는 상황과는 다르다.

당신이 할 수 있는 일은 앞을 바라보는 것이라고 나는 믿는다. 우리가 어떤 단계에 있든 영혼은 우리에게 미래의 단계들을 얼핏 보여줄 수 있다. 이것을 통해 우리는 믿음과 희망을 갖고 계속 나아갈 수 있다.

❧

내가 영혼이 현재와 과거의 경험을 '섞는다'고 말하면, 사람들은 종종 이것이 죄악이나 비도덕적인 행동에 개의치 않는다는 뜻인지 궁금해한다. 또한 영혼이 모든 걸 걸러내기 때문에 사실상 죄 같은 것은 없으며, 영혼은 단지 '그 모든 것을 보살핀다'는 뜻인지도 궁금해한다.

대답은 전혀 그렇지 않다는 것이다. 영혼이 덧없는 시간과 영원을 연결하는 역할을 할 수 있는지는 상당 부분 객관적인 도덕

산과 지위를 가진, 이른바 '성공한' 사람
라고 우리는 상상하지만 그들 또한 적지
운 삶을 살아가고 있다. 이처럼 대다수의
려오는 고통스런 상황에 직면해 있다. 하
지할 수만 있다면 그 모든 일들을 수월하
. 그러나 우리 사회에서 강조하듯이 성공
하고 생각한다면, 많은 사람들이 절망 속에

인들에게 '복음'을 전파하고 있다. 삶에서
도 걱정할 건 없다는 것이다. 어떤 고통을
재산을 몽땅 잃더라도 마음의 평화만 잃
우리는 삶에 대한 통찰력은 물론 타인에
수 있다고 그는 말한다. 그리고 자신의 어
격한 사례들을 제시하고 있다.
병에 걸리고, 성적인 학대를 당하고, 끔찍
이 어두운 터널을 빠져나와 자신과 비슷한
아름다운 이야기가 담겨 있다. 경제적 · 가
적인 사건들이 하루도 거르지 않고 일어나
를 헤쳐 갈 지혜를 얻기 위해 우리는 폴 신
한다. 비록 지금 수렁에 빠져 헤매더라도

과 미덕을 갖고 있느냐에 달려 있다. 그것들이 있을 때 영혼은 힘을 내서 도덕과 조화를 이루면서 행동하기 때문이다. 죄를 지을 때, 우리는 나쁜 도덕적 습관이 들어설 바탕을 만든다. 그것은 영혼의 능력에 영향을 미쳐 자신의 임무를 달성하지 못하게 한다.

영혼이 우리의 덧없는 삶과 영원한 가치의 조화를 꾀하는데 우리가 그런 가치를 일부러 피한다면, 영혼은 자신의 역할을 다할 수 없을 것이다. 한때 성 아우구스티누스는 '껍데기로 덮여 있는' 영혼이라는 은유적 표현을 사용했다. 그런 상태에서도 영혼은 계속해서 자신의 일을 하지만 우리가 영혼의 소리에 귀를 기울이는 일은 점점 더 줄어든다.

때문에 나는 진정으로 사악한 영혼, 곧 세상에서 사악한 목적을 이루려고 하는 영혼이 있다는 주장을 받아들이지 않는다. 대신에 나는 습관과 선택, 교육이 영혼이 자신의 목적을 달성하는 힘을 약하게 할 수 있다고 믿는다. 하지만 나는 또한 영혼이 여전히 선과 진리, 사랑과 같은 영원한 가치와 함께 있으며, 우리를 부르는 일을 결코 중단하지 않을 거라고 믿는다. 우리는 세상을 더욱 좋게 만드는 일과 상관없는 목적을 추구할 수도 있다. 하지만 근본적으로, 무시당한 영혼은 행복한 영혼이 아니다.

지금까지 당신이 즐거운 마음으로 영적인 사색을 했기를 바란다. 나는 우리가 진정으로 중요한 길을 지나왔다고 믿는다. 그 과정에서 우리는 성공과 영성, 삶의 의미에 대해 얄팍하게 생각하는 요즘의 세태를 돌아보게 해주는 삶의 방식을 만날 수 있었다.

앞으로도 당신이 영혼의 여행을 계속하면서 신의 은총이 가득한, 다시 매혹되는 삶을 살기를 바란다.

남들보다 더 많은 재
들이 그만큼 행복할 거
않은 문제를 안고 힘겨
사람들은 쉴 새 없이 밀
지만 마음의 평화를 유
게 넘길 수 있을 것이다
하고 행복해져야만 한다
서 질식하고 말 것이다.

폴 신부는 이런 현대
길을 잃고 쓰러지더라
겪더라도, 설령 건강과
지 않는다면, 그 속에서
대한 자비심까지 느낄
두웠던 과거와 직접 목

이 책에는 치명적인
한 사고를 당한 사람들
처지의 이웃들을 돕는
정적 문제로 인한 비극
는 요즘, 이 힘든 세태
부의 말에 귀 기울여야

영혼은 우리를 파멸에서 구해내 삶으로 다시 돌려보낸다고 말하고 있기 때문이다. 물론 우리가 영혼의 소리에 귀를 기울인다면 말이다. 그리고 영혼이 우리를 올바른 길로 인도하는 과정이 일곱 단계로 소개되어 있다.

신에 관한 이야기가 섞여 있긴 하지만 폴 신부는 결코 종교의 시각으로 말하고 있지 않다. 인간이 겪는 다양한 문제는 특정 종교를 떠난 보편적인 성격을 지니고 있기 때문이다. 따라서 종교인이든 아니든 삶의 문제를 가진 모든 사람들이 이 책에서 작은 위로를 받을 수 있을 것이다.

도솔

다시, 삶에 매혹되다

2009년 7월 31일 개정판 1쇄 인쇄
2009년 8월 7일 개정판 1쇄 발행

지은이 | 폴 키넌
옮긴이 | 도솔
펴낸이 | 윤정희
펴낸곳 | (주)황금부엉이

주소 | 서울시 마포구 서교동 353-4 첨단빌딩 9층
전화 | 02-338-9151
팩스 | 02-338-9155
인터넷 홈페이지 | www.goldenowl.co.kr
출판등록 | 2002년 10월 30일 제 10-2494호

기획편집부장 | 홍종훈
전략마케팅 | 김유재, 변재업, 정창현, 차정욱, 최현욱
제작 | 구본철

ISBN 978-89-6030-214-3 03840

값은 뒤표지에 있습니다.
잘못된 책은 구입하신 서점에서 바꾸어 드립니다.
이 책은 『폴 신부님의 마음여행』의 장정개정판입니다.

당신의 삶에서 빠져나가는 것을 보게 될 것이다.

그것들을 축복하고 나서 놓아주라. 주의를 집중하라. 그러면 당신은 사람들과 상황들이 자신의 삶 속으로 들어오는 것을 보게 될 것이다. 그리하여 당신이 남들에게 봉사하고, 영원한 가치를 자신의 세계로 가져오고, 삶과 다시 사랑에 빠지겠다고 결심하도록 도와줄 것이다.

사람들은 나에게 묻곤 한다.

"이런 단계들은 언제나 앞으로만 나아가고, 신부님이 말한 순서대로만 진행되나요?"

나 자신의 경험과 영혼의 활동방식에 대해 생각한 결과, 나는 이미 설명한 것처럼 영혼의 단계들이 순서대로 진행된다는 것을 믿게 되었다. 내 경험에 비추어볼 때 그것이 영혼이 단계적으로 거쳐 가는 순서다. 내가 여러 부분에서 지적했듯이 우리는 다양한 이유로 1, 2단계로 후퇴해서 길을 잃은 영혼이 되거나 수렁에 빠질 수 있다. 세상으로 돌아가거나(6단계), 다시 매혹되거나(7단계), 잠시 자비심을 갖는 상태로 가거나(3단계), 다락방의 지혜(5단계)로 다시 돌아가는 것 역시 가능하다. 사실 그렇게 할 때 당신은 새롭게 충전되고, 자신의 영적인 목표를 확인할 수 있다.

반대로 앞 단계로 먼저 갈 수도 있을까? 다시 말해 길을 잃기 전에 자비심이나 다시 매혹되는 상태로 갈 수 있을까? 솔직히 말하면 영혼은 그런 식으로 움직이지 않는다고 생각한다. 물론 당신은 어린아이들에게 영원함의 미덕과 가치, 진리에 대해 교육시킬 수 있다. 실제로 이런 교육은 영적일 수 있다. 하지만 그것은 삶에서 가슴 아픈 일을 경험한 뒤에 자비심과 다락방의 지혜를 갖게 되는 상황과는 다르다.

당신이 할 수 있는 일은 앞을 바라보는 것이라고 나는 믿는다. 우리가 어떤 단계에 있든 영혼은 우리에게 미래의 단계들을 얼핏 보여줄 수 있다. 이것을 통해 우리는 믿음과 희망을 갖고 계속 나아갈 수 있다.

❧

내가 영혼이 현재와 과거의 경험을 '섞는다'고 말하면, 사람들은 종종 이것이 죄악이나 비도덕적인 행동에 개의치 않는다는 뜻인지 궁금해한다. 또한 영혼이 모든 걸 걸러내기 때문에 사실상 죄 같은 것은 없으며, 영혼은 단지 '그 모든 것을 보살핀다'는 뜻인지도 궁금해한다.

대답은 전혀 그렇지 않다는 것이다. 영혼이 덧없는 시간과 영원을 연결하는 역할을 할 수 있는지는 상당 부분 객관적인 도덕과 미덕을 갖고 있느냐에 달려 있다. 그것들이 있을 때 영혼은 힘을 내서 도덕과 조화를 이루면서 행동하기 때문이다. 죄를 지을 때, 우리는 나쁜 도덕적 습관이 들어설 바탕을 만든다. 그것은 영혼의 능력에 영향을 미쳐 자신의 임무를 달성하지 못하게 한다.

영혼이 우리의 덧없는 삶과 영원한 가치의 조화를 꾀하는데 우리가 그런 가치를 일부러 피한다면, 영혼은 자신의 역할을 다 할 수 없을 것이다. 한때 성 아우구스티누스는 '껍데기로 덮여 있는' 영혼이라는 은유적 표현을 사용했다. 그런 상태에서도 영혼은 계속해서 자신의 일을 하지만 우리가 영혼의 소리에 귀를 기울이는 일은 점점 더 줄어든다.

때문에 나는 진정으로 사악한 영혼, 곧 세상에서 사악한 목적을 이루려고 하는 영혼이 있다는 주장을 받아들이지 않는다. 대신에 나는 습관과 선택, 교육이 영혼이 자신의 목적을 달성하는 힘을 약하게 할 수 있다고 믿는다. 하지만 나는 또한 영혼이 여전히 선과 진리, 사랑과 같은 영원한 가치와 함께 있으며, 우리를 부르는 일을 결코 중단하지 않을 거라고 믿는다. 우리는 세상을 더욱 좋게 만드는 일과 상관없는 목적을 추구할 수도 있다. 하지만 근본적으로, 무시당한 영혼은 행복한 영혼이 아니다.

지금까지 당신이 즐거운 마음으로 영적인 사색을 했기를 바란다. 나는 우리가 진정으로 중요한 길을 지나왔다고 믿는다. 그 과정에서 우리는 성공과 영성, 삶의 의미에 대해 얄팍하게 생각하는 요즘의 세태를 돌아보게 해주는 삶의 방식을 만날 수 있었다.

앞으로도 당신이 영혼의 여행을 계속하면서 신의 은총이 가득한, 다시 매혹되는 삶을 살기를 바란다.

| 옮긴이의 말 |

문제를 가진 모든 사람을 위한 작은 위로

가톨릭 사제로서, 그리고 종교 채널의 라디오 DJ로서 폴 키넌 신부는 수많은 보통 사람들의 삶의 애환에 귀를 기울였다. 그것은 이혼을 하고, 암에 걸리고, 사랑하는 사람을 떠나보내고, 일자리에서 쫓겨난 암울한 이야기였다. 행복은커녕 삶의 방식을 잃고 헤매는 사람들에게 폴 신부는 엄청난 불행 속에서도 평화로울 수 있다고 말한다. 그러면서 우리 삶의 목적은 행복이 아니라 마음의 평화에 있다고 역설한다. 인간의 불행에 대해 미국의 철학자 에릭 호퍼는 이렇게 말했다.

"노년에 지난날을 돌아본 위인들은 인생의 행복했던 순간을 모두 합쳐보아야 채 하루가 되지 못한다는 것을 발견했다."

남들보다 더 많은 재산과 지위를 가진, 이른바 '성공한' 사람들이 그만큼 행복할 거라고 우리는 상상하지만 그들 또한 적지 않은 문제를 안고 힘겨운 삶을 살아가고 있다. 이처럼 대다수의 사람들은 쉴 새 없이 밀려오는 고통스런 상황에 직면해 있다. 하지만 마음의 평화를 유지할 수만 있다면 그 모든 일들을 수월하게 넘길 수 있을 것이다. 그러나 우리 사회에서 강조하듯이 성공하고 행복해져야만 한다고 생각한다면, 많은 사람들이 절망 속에서 질식하고 말 것이다.

폴 신부는 이런 현대인들에게 '복음'을 전파하고 있다. 삶에서 길을 잃고 쓰러지더라도 걱정할 건 없다는 것이다. 어떤 고통을 겪더라도, 설령 건강과 재산을 몽땅 잃더라도 마음의 평화만 잃지 않는다면, 그 속에서 우리는 삶에 대한 통찰력은 물론 타인에 대한 자비심까지 느낄 수 있다고 그는 말한다. 그리고 자신의 어두웠던 과거와 직접 목격한 사례들을 제시하고 있다.

이 책에는 치명적인 병에 걸리고, 성적인 학대를 당하고, 끔찍한 사고를 당한 사람들이 어두운 터널을 빠져나와 자신과 비슷한 처지의 이웃들을 돕는 아름다운 이야기가 담겨 있다. 경제적 · 가정적 문제로 인한 비극적인 사건들이 하루도 거르지 않고 일어나는 요즘, 이 힘든 세태를 헤쳐 갈 지혜를 얻기 위해 우리는 폴 신부의 말에 귀 기울여야 한다. 비록 지금 수렁에 빠져 헤매더라도